Petra Fastermann

Jammern
Nörgeln
Stalken

Herstellung und Verlag:
BoD – Books on Demand, Norderstedt
ISBN 9783744871440

Foto des Buchumschlags: Petra Fastermann
Umschlaggestaltung: Petra Fastermann

Wie die Zeit vergangen ist: Auf zwei alte Kerle wartet gelangweilt der Tod

Altersdepressive, das sind Menschen, die nicht mehr mitmachen wollen – wobei auch immer. Das wird jedenfalls gern behauptet oder vielleicht unterstellt. Das Symptom äußere sich in Bockigkeit, Störrischsein, sich gegen etwas sperren, obwohl die doch nichts mehr tun müssen und es ihnen *gut geht. Gut geht* – also ganz anders als all denen, die für Lohn und Brot noch jeden Tag einer Beschäftigung nachgehen müssen, die sie meist nicht schätzen, und die sich wünschten, es endlich *so gut* wie die Alten zu haben. Oder sind Altersdepressive nur solche, die sich nicht damit abfinden wollen, dass Altwerden nun normal ist und jeden treffen wird, der nicht vorher jung gestorben ist? Das ist die Geschichte von den Brüdern Thomas und Stefan, die bedenklich stimmt. Wer es sich zutraut, alt zu werden, sollte sie ruhig lesen. Wer jetzt schon jeden neuen Tag mit Panik erwartet, lässt es lieber sein. Denn besser wird es nicht mehr.

Wird es in fünf Jahren noch wichtig sein?

Beim belanglosen Surfen im Internet, überwiegend zum Zeitvertreib, weil er sonst nicht wusste, was er mit sich anfangen sollte, fand Thomas auf einer amerikanischen Trivialseite die Frage: „Is it going to matter five years from now"? Die Frage war ganz allgemein gestellt – es ging dabei um die Sorgen, die der durchschnittliche Amerikaner gegenwärtig zu haben schien. Dabei handelte es sich um eine Art Erbauungs- und Mutmachseite – Thomas hätte selbst nicht sagen können, durch welchen Zufall er auf dieser gelandet war. Obwohl er sich gleich darüber ärgerte, dass er sich auf eine ebenso simpel gedachte wie gemachte Lebenshilfe-Seite im Stil von „Ist alles halb so schlimm" hatte leiten lassen, ließ ihn die kleine Frage nachdenklich werden: „Wird es in fünf Jahren noch von Bedeutung sein?" Das Meiste wohl nicht, wenn er es sich genau überlegte. Worüber er sich heute grämte, würde in fünf Jahren schon so weit zurückliegen, dass er sich an die Sorge und das Ärgernis nicht einmal mehr würde erinnern können. Wenn es nicht etwas besonders Schwerwiegendes war. So war zum Beispiel vor fünf Jahren in die Wohnung von Thomas eingebrochen worden. Er war zwar nicht zu Hause gewesen, aber das Ereignis hatte ihn tief verstört. Nur Ersetzbares hatten die Diebe ihm gestohlen, und die Hausratversicherung war für den finanziellen Schaden aufgekommen. Aber Thomas' private Unterlagen und Habseligkeiten waren durchwühlt worden, vermutlich um die bei ihm in sehr geringem Maße vorhandenen Wertgegenstände zu finden. Die Polizei hatte die Täter nie ermitteln können. Thomas sah sich als Zufallsopfer. Seit dem Einbruch fühlte er sich in der Wohnung weder sicher noch wohl, aber dennoch war er nicht umgezogen. Er erklärte das sich und anderen damit, dass er ebenso wahrscheinlich in einer neuen Wohnung Opfer eines Einbruchs werden könnte. Außerdem hatte es ihm sowohl an Geld als auch an Motivation für einen Umzug gefehlt. Vor allem hatte er keine besonders engen Freunde, die ihm dabei gut zugeredet oder vielleicht sogar geholfen hätten. Es waren eher Bekannte, mit denen er zwar trinken konnte, aber es war keiner dabei, der sich dafür interessiert hätte, ihm in einer ernsthaften Notlage zu helfen. Dieser Einbruch ließ Thomas nach fünf Jahren nachts immer noch schlecht schlafen. Die triviale Frage „Is it going to matter five years from now"? musste er in Bezug auf den Wohnungseinbruch in jedem Fall mit „ja" beantworten. Des Weiteren aber konnte er sich eingestehen, dass nahezu nichts, was ihn heute konkret bewegte, ärgerte oder zu bedrohen schien, in fünf Jahren noch irgendeine Bedeutung für ihn haben würde. Trotzdem hatte sein Wunsch zu leben im Laufe der Jahre stark abgenommen. Das Leben war ihm zu schnell geworden, viel zu schnell für ihn als älter werdenden Mann. Da hatte er auf einmal, von allen unbeachtet, den Anschluss verpasst. So waren die Jahre vergangen und die Sorgen größer geworden. Die größere Gelassenheit, die sich angeblich bei vielen Menschen mit zunehmendem Alter einstellt, war bei ihm nicht eingetreten. Jahr für Jahr, zuerst fast unbemerkt, hatte er weniger leisten können. Wahrgenommen hatte er dieses Phänomen nur als etwas, das ihn zunehmend reizte, ohne dass er sich erklären konnte, warum Gereiztheit, Überforderung und Genervtheit für ihn zum Dauerzustand geworden waren. Er ärgerte sich und stellte sich vor, dass ihn niemand mehr ernst nahm. Das sollten sie nicht wagen! Anfangs hätte er bei dem Gedanken gern noch jeden bestraft, von dem er glaubte, dass er ihn nicht ernst nehmen wollte. Später hatte er sich daran gewöhnt. Schließlich wurde es Thomas sogar zu viel und zu nervtötend, sich zu duschen und etwas Frisches anzuziehen. Wozu nur? Die Prozedur war täglich dieselbe, wozu sollte er sie regelmäßig wiederholen? So ideenarm mindestens wie einfallslos, solch ein Vorhaben. Nur rudimentärste Körperpflege für ihn. Wie schnell so ein Mensch sich selbst gegenüber gleichgültiger wurde und dabei verfiel. Für Thomas war es manchmal kaum zu fassen. Wenn er – wie so häufig – stundenlang allein vor seinem Computer saß und ziellos im Internet surfte, fühlte er sich manchmal von den Wörtern angegriffen. Dann versuchte er, einzelne Wörter zu löschen. Als ob es in seinem eigenen Text sei. Wenn ihm das Löschen der Wörter nicht gelang, fühlte er sich von Zeit zu Zeit sogar bedroht, geradezu so, als gebe es eine Verschwörung gegen ihn. Manchmal hatte Thomas fast einen Hang zur Hysterie. Dieser äußerte sich darin, dass ihm oft schwindlig wurde. Dann glaubte er, nicht mehr atmen zu können, und gelegentlich ging es so weit, dass er Lähmungserscheinungen in den Armen verspürte. Es ergriff ihn das Gefühl, um Hilfe schreien zu müssen, aber er bekam keinen Ton heraus. Gut so, denn es hätte ihm doch keiner geholfen. Und so beschäftigte er sich weiter damit, Wörter zu löschen. Alle zwei Minuten las er die Online-Nachrichten, um zu überprüfen, ob es irgendwo in der Welt ein Attentat gegeben habe. Dass es einen Anschlag gab, geschah in der letzten Zeit öfter, aber nicht alle zwei Minuten. Selbst wenn es alle zwei Minuten geschehen wäre, hätte es Thomas nicht wirklich betroffen, weil er sicher in seiner Wohnung saß und das Weltgeschehen vom Sofa aus verfolgte. Trotzdem hielt er es für nötig, wie besessen wieder und wieder die Nachrichten in kürzesten Abständen zu überprüfen. Auf nichts schien er mehr dauerhaft fokussieren zu können. Anfangs hatte er das einer möglichen Unterzuckerung zugeschrieben, die sein Gehirn vielleicht negativ beeinträchtigte. Nach einer Weile war er zu der Erkenntnis gelangt, dass sein Gehirn nicht dauerhaft unterzuckert sein konnte und die nervöse Unkonzentriertheit andere Ursachen haben musste.

Diese Versuche, sich selbst zu beschäftigen, hatten Thomas zwei volle Jahre seines Lebens und den letzten Rest seiner seelischen Gesundheit gekostet. Nachdem er nicht mehr arbeiten gegangen war, hatte er nichts weiter gewollt, als sein ohnehin schon stark reduziertes Leben in Ruhe leben zu dürfen. Um wie lange würde sein Xing-Profil, das er nach der Aufgabe seiner Arbeit nicht entfernt hatte, ihn überleben? Xing konnte nicht wissen, wenn er gestorben wäre. Niemand würde es löschen, auch sein Bruder Stefan würde nicht daran denken. Das Xing-Profil würde Thomas überdauern. Wie er bekümmert dachte, war das eine von den wenigen Spuren, die es nach ihm geben würde. Da er niemals etwas geleistet hatte, das ihn aus der grauen Menge von Menschen hervorgehoben hätte, war Thomas im Menschheitsgedächtnis nicht verewigt. Ein Xing-Profil wäre das Einzige, das von ihm bliebe.

Zwangsläufig ergab es sich, dass sich nach einiger Zeit bei Thomas eine dauernde Unterforderung des Gehirns stark bemerkbar machte. Er brachte es nicht mehr fertig, überhaupt noch irgendetwas zu beginnen. Der Grund dafür war, dass Thomas sich im Voraus bereits ausmalte, wie schwierig alles war, werden würde oder am Ende zu bewerkstelligen sein könnte. Deshalb beschloss er, gar nicht erst mit etwas anzufangen. Weil es stets so war, dass alles in Wellen geschah: eine Welle der Gewalt, eine Welle der Hilfsbereitschaft. Wenn nicht eine Welle, dann eine Flut. Er dachte sich, dass ihn eine Welle der eigenen Unfähigkeit heftig umspielte, umspülte und zu erfassen drohte. Neben dem, dass er nicht mehr zuhören konnte, wenn jemand etwas erzählte, weil er sich nur kolossal genervt fühlte, nahm seine Konzentrationsfähigkeit kontinuierlich ab. Wenn er etwas vernahm, konnte er es zwar akustisch hören, aber nicht verstehen. Versuchte er zu verstehen, hatte er bereits vergessen, was er gehört hatte. Thomas' Sorge vor dem Gedächtnisverlust nahm täglich zu. Er versuchte sich einzureden, dass das in seinem Alter normal sein könnte. Gab es nicht in jeder Apotheke Tabletten für die Steigerung der Gedächtnisleistung der Über-Fünfzigjährigen? Selbst im Fernsehen, so meinte er sich zu erinnern, wurden vermeintlich gedächtnissteigernde Präparate regelmäßig beworben. Versorgungs- oder Erinnerungslücken, wo lag nur der Unterschied? Es gab wohl kaum jemanden, der sich nicht betroffen sehen musste. Wer nur hatte diesen unglaublichen Taugenichts in die Welt gesetzt? Wenn die Eltern noch gelebt hätten, hätte Thomas ihnen diese Frage gern gestellt und ihnen daraus einen Vorwurf formuliert.

Kaum dass er das Alter von fünfzig Jahren erreicht hatte, hatte Thomas sich richtig alt gefühlt. Klar war jedem, dass die meisten bereits vor dem fünfzigsten Lebensjahr längst die Mitte des Lebens überschritten hatten – bei einer ganz normalen Lebenserwartung. Aber fünfzig war für viele ein Wendepunkt. Ab fünfzig galt man als „Senior", als den Alten zugehörig. Vom Arbeitsamt bekam man länger Geld als jemand, der erst neunundvierzig Jahre alt war und dann arbeitslos wurde. Von der Krankenkasse gab es Aufforderungen und Ermunterungen zu zahlreichen Untersuchungen und Vorsorgemaßnahmen. Eine Darmspiegelung wurde ab 50 empfohlen, unabhängig davon, ob der Versicherte familiär durch Krebs vorbelastet war oder nicht. Computerkurse für Menschen „50+" wur-

10

den angeboten. Sogar in die nahe gelegene Sauna sollten Über-50-Jährige kostengünstigeren Einlass finden als Jüngere. Dabei wollte Thomas nicht ganz einleuchten, was dafür der Grund sein sollte. Sicher war nur: Von einem, der die Fünfzig überschritten hatte, wurde nichts mehr erwartet. Entweder er hatte noch einen Job, in dem er schon lange sicher saß und weiterhin würde sitzen dürfen, oder er hatte keinen mehr und würde mit über fünfzig niemals mehr einen finden. Wann sollte eines Seniors große Stunde noch kommen? Es war gesellschaftlich anerkannt, dass ab diesem Alter keiner mehr zu Höchstleistungen bereit sein, etwas Bahnbrechendes erfinden, etwas Faszinierendes tun musste – wenn derjenige das in den ganzen Jahren zuvor eben auch nicht getan hatte. Jeder, der mit fünfzig noch nicht chronisch krank war, konnte mit sich zufrieden sein. Wer sich als noch einigermaßen fit betrachtete, tat gut daran, sich so zu erhalten. Sich um seine Gesundheit zu kümmern war etwas, das man ab fünfzig tun musste. Mehr konnte wirklich von keinem Senior erwartet werden. Es kamen viele neue Junge und Frische nach, die besser waren.

Alles schien schon gesagt und erzählt. Man erfuhr gesundheitliche Beeinträchtigungen. Man wurde alt. Ganz ungewöhnlich war es also nicht, dass die Menschen wie stark benutzte Gebrauchsgegenstände über die Jahre kaputt gingen. Oft waren es sogar die in jungen Jahren sehr viel versprechenden, die sich kaum mit dem Altern abfinden konnten, die dem Alter einfach nicht gewachsen waren. Die am ermüdetsten und enttäuschtesten wurden und am erschreckendsten verfielen, wenn sie nicht vorher spektakulär durch Selbstmord ihr selbst gewähltes Ende gefunden hatten. Das alles hatte sich immer in der Menschheitsgeschichte wiederholt und würde auch so bleiben, bis die Menschheit sich ausgerottet hätte. Kein Wunder war das alles, sondern nur der regelmäßige Lauf der Welt. Dennoch ließ sich aus diesen Erfahrungen nicht lernen, und keinem blieb es erspart, sie selbst zu machen. Thomas hatte über einen bekannten Schriftsteller gelesen, dass dessen einzige Freude noch sein Hund sei. Über diesen Schriftsteller wurde gehässig verbreitet, es sei eigentlich sogar sein Hund, der dessen Alterswerke verfasse. Feinde des Schriftstellers riefen gar zum Mord an dessen vermeintlich schreibendem Hund auf. Viele konnten nicht abtreten, zurücktreten, wenn es Zeit dazu wäre. Auf der Höhe ihres Ruhmes – dann aufhören, wenn sie am meisten Anerkennung für ihr Schaffen genossen. Die machten weiter, bis sie zum Gespött wurden. Sie erkannten den Zeitpunkt nicht, zu dem sie endlich Ruhe geben und sich zurückziehen sollten. Vortreten – zutreten – abtreten. Das war die natürliche Reihenfolge des Lebens. Alles einsteigen, bitte. Zurücktreten – zurücktreten, sag ich!

Die zwei Brüder

Der eine: Thomas

Thomas wohnte immer noch in derselben Mietwohnung, in der er schon während seines Studiums gelebt hatte. Auch an seiner sonstigen spartanischen Lebensweise hatte sich nichts geändert. Gelegentlich fand er eine dicke junge Frau mit Vaterkomplex, die seine Tochter, manchmal seine Enkelin hätte sein können und sich sehr kurzzeitig in ihn verliebte. Wichtig war für Thomas, dass sie erstens dick und zweitens viel jünger als er war. Weil es ihm so gefiel. Obwohl das

Ende dieser Verhältnisse abzusehen war und jedes nahezu gleich verlief, war er als Verlassener stets gekränkt und am Boden zerstört. Das Problem für die Frauen war ihre Erwartung, dass ein älterer Mann sich rücksichtsvoll und väterlich verhalten würde. Aber Thomas war weder rücksichtsvoll noch väterlich, sondern eben nur alt. Er begriff nie, warum die Beziehungen regelmäßig nach kurzer Zeit von den Frauen beendet wurden. Er wurde bloß sehr traurig darüber. Das hatte zur Folge, dass er im Anschluss an jede gescheiterte Beziehung einige Tage lang gar nichts essen konnte und sich mit viel Alkohol betäuben musste. Bis sich eine neue Zerstreuung fand.

Morgens ein Gläschen, mittags zwei, abends vergisst man das Zählen dabei. So hieß ein Trinkspruch, dessen Schöpfer Thomas unbekannt war. Oder um es mit Wilhelm Busch zu sagen: Rotwein ist für alte Knaben eine von den besten Gaben. Thomas mochte Wilhelm Busch, und insbesondere dessen „Abenteuer eines Junggesellen" hatte er sehr lieb gewonnen.

Gegen die Freundinnen, die ihn zu Gunsten eines jüngeren Mannes verließen, hegte Thomas Groll. Viel größer aber war sein Zorn auf die jungen Männer, die ihn ausgebootet hatten. Thomas phantasierte darüber, wie er seine Ex-Freundin mit einem jungen neuen Gefährten auf der Straße treffen und nicht vor den beiden flüchten würde. Ganz im Gegenteil. Die beiden wären es, die würden vorgeben wollen, ihn nicht zu sehen. Weil es ihnen peinlich und unangenehm wäre. Aber er würde ihnen den Weg versperren und sich als ehemaligen Liebhaber seines Mädchens ganz souverän zu erkennen geben. „Sie könnten ja mein Sohn sein", würde er sich dem jungen Mann vorstellen, um diesem zu suggerieren, dass der zum einen ein Grünschnabel ohne Erfahrung sei und zum anderen damit seine eigene Lebenserfahrung und Weisheit vorzustellen. Man war nur einmal jung und schön. Wie der junge Mann. Deshalb würde Thomas ihn abwerten. Keiner jungen Frau würde er jemals „Sie könnten ja meine Tochter sein" zur Begrüßung sagen. Im Leben nicht! Für diese sah er sich nicht als zu alt. Nur zu gern würde er von ihnen noch als potenzieller Liebhaber wahrgenommen. Aber gegen den virilen jungen Mann hatte er keine Chance. Den musste er abwerten. Wenn Thomas ehrlich mit sich war, könnten die jungen Männer fast seine Enkel sein. „Sie könnten ja mein Sohn sein!" Genau das aber würde er verächtlich rufen. Leider kam es niemals zu solch einem Zwischenfall. Dennoch stellte Thomas sich dieses Szenario oft ganz genüsslich vor. „Ich hasse dich", würde er seiner Verflossenen heimlich zuflüstern. „Ich dich auch", stellte er sich als ihre sanfte Entgegnung vor. Hassen sollte sie ihn, wenn sie ihn nicht mehr lieben mochte! Nur gleichgültig wollte er ihr nicht sein. Leiden sollten die! Den jungen Mann würde er am liebsten vernichten oder doch wenigstens vollkommen lächerlich machen. Wenn andere einen Schaden erlitten, freute er sich insgeheim. Diebisch, wie man so sagt. Er konnte sich nicht alles gefallen lassen.

Verglichen mit dem jungen Mann sah sein alt gewordener Körper hilflos und erbärmlich aus. Wie eine Birne fühlte er sich, ganz ohne überzeugende Kontur. Regelmäßig wurde Thomas darüber wütend und hätte die jungen Typen am liebsten dafür verprügelt, dass sie jung waren. Es war selbst ihm ganz klar, dass er jeden Zweikampf verlieren würde. Nicht einmal her-

14

auszufordern hätte er seine Feinde gewagt. Erbärmlich, lächerlich. So war es gut, dass es nie tatsächlich, sondern nur in seiner Vorstellung dazu kam. Niemals hatte Thomas andere daran Anteil haben lassen wollen, andere daran beteiligen, andere mitentscheiden lassen, wie er sein Leben zu führen habe. So war es nicht verwunderlich, dass er sein Leben nie mit jemandem geteilt hatte. Jetzt hatte Thomas den Wunsch, dass sich irgendwer seiner annehmen würde. Dass er irgendwem, nach Möglichkeit einer Frau, nicht vollkommen bedeutungslos wäre. Aber was tun? Wohin mit diesem unmöglichen, unverschämten Bedürfnis?

Thomas kam sich zunehmend vor wie eine Bedürfnismaschine, die rund um die Uhr lief, um ihren eigenen Bedürfnissen nachzukommen, sich damit selbst genug war und nur um ihrer selbst willen existierte. Diese Maschine war auf die Bedürfnisse des Essens, Schlafens oder Alkohol Konsumierens eingestellt.

Regelmäßig und unermüdlich las Thomas mit Genugtuung im kostenlosen Wochenblatt die Todesanzeigen von denen, die jünger gestorben waren als er. Er lebte noch, selbst wenn es sich nicht so anfühlte.

Auf dem Betonfußboden bemerkte er morgens manchmal seine eigene gelbliche, eingetrocknete Kotze vom Vortag. Thomas war immer wieder erstaunt darüber, weil er sich nicht an den Exzess erinnern konnte. Nicht einmal an die dem offensichtlich gefolgte Übelkeit. Früher war alles einfacher gewesen. Es war ihm gewissermaßen zur Aufgabe geworden, gegen seinen eigenen Körper permanent Krieg zu führen. Den eigenen Körper systematisch zu vernichten. Eine Aufgabe, die er sich nicht ausgesucht hatte, aber die ihm aufgetragen worden zu sein schien. Eine Aufgabe jedenfalls, der er sich nicht zu entziehen vermochte, bevor er sie nicht bis zum Ende ausgeführt hatte. Als er noch Hilfslehrer gewesen war, hatten Schüler einmal einen „Tarzan"-Aufkleber auf seinem Hilfslehrer-Pult befestigt. Lange war das ihm nicht aufgefallen, und nie hatte er verstanden, warum die Schüler über ihn lachten. Als er den Aufkleber bemerkte, war dieser bereits so verblichen gewesen, dass er ihn hatte kleben lassen. „Tarzan". Wie bitter musste er lachen, wenn er sich jetzt im Spiegel sah. Sie hatten ihn als „Tarzan" verspottet, die albernen Schüler.

Um sich vom Leben und vom Kummer abzulenken, konsumierte Thomas inzwischen reichlich Alkohol. Früher hatte er viel gelesen, um sich zu zerstreuen und sich damit vorübergehend in andere Welten versetzt. Jetzt fehlte ihm die Ruhe dazu, und er konnte sich auf nichts mehr konzentrieren. Lesen mochte er nicht mehr; stattdessen trank er. Viel zu viel. Vorsicht. Er konnte jedoch längst kein Maß mehr halten beim Saufen. Dazu lud er manchmal ein paar alte Bekannte ein, um die Sucht mit dem Anschein eines geselligen Treffens zu tarnen. Ohne diesen Rest von Lebensqualität hätte er aber nicht eingesehen, wozu er überhaupt leben sollte. Ein wenig Freude und Entspannung bereitete ihm oft allein das Trinken. Schon lange war er – ohne sich bewusst dazu zu entscheiden – dazu übergegangen, statt etwas zu schaffen bloß ganz konsequent zu konsumieren. Er lebte bescheiden, brauchte fast nichts, wenn es nur genug zu trinken gab. Irgendwann, Thomas wusste nicht, wann genau, hatte das Einladen von Bekannten ein Ende genommen. Das lag daran, dass kaum jemand mehr Lust dazu hatte, Thomas zu besuchen. Thomas' geistige Bereitschaft und Wachsamkeit hatte so stark abgenommen, dass er den Gesprächen anderer kaum zu folgen vermochte. Ernsthaft mitreden konnte er gar nicht mehr, weil er die meisten Inhalte nicht mehr verstand. In seiner eigenen Isolation war er so sehr vom Weltgeschehen entfernt, dass er sich nicht mehr für die Zusammenhänge und Hintergründe von Nachrichten und täglichen Meldungen interessierte. Es ärgerte Thomas, wenn er merkte, dass er überhaupt nicht mehr informiert war und von gar nichts Aktuellem eine Ahnung hatte. Aber sich dies eingestehen und einfach zu Themen zu schweigen, über die er nichts wusste, das gelang ihm nicht. Entgegen seiner früheren zurückhaltenden Art wurde er aggressiv, spuckte einfache Stammtischparolen aus und brüskierte damit seine Bekannten. Er befand sich auf dem besten Weg, als grauenhafter Giftsack gehasst zu werden. Sollten die doch ihn für ein altes Monster halten, er sah tatsächlich wie eines aus! Die waren ihm sowieso alle egal!

Abends erleichterte Thomas sich immer mehr die Langeweile mit Fernsehen und Saufen. Bis spät in die Nacht sah er fern, meist so lange, bis er entweder vor dem laufenden Fernseher auf seiner Wohnzimmercouch einschlief oder bis nichts zu trinken mehr da war. Wenn alles ausgetrunken und kein Alkohol mehr im Haus war, ging er ins Bett. Gewissermaßen wie nach erfolgter Pflichterfüllung. Besoffen: gut gemacht, Aufgabe erledigt, dann geht es ins Bett. Zumeist nahm Thomas gar nicht wahr, was im Programm lief, weil er sich viel mehr allein auf das Trinken konzentrierte. Manche Kleinigkeiten konnten zuweilen kurz seine Aufmerksamkeit gewinnen, wie zum Beispiel die typisch schnarrenden Stimmen von Kommentatoren im Dritten Reich. Das lag daran, dass das moderne Gerede ineinander weich verschwamm, während das Zackig-Militärische Thomas aufschreckte. Beim Schauen einer Dokumentation über die NS-Zeit – unterlegt mit alten Filmausschnitten aus Wochenschauen – gewann Thomas die für ihn erleichternde Erkenntnis, dass mit Sicherheit keiner der gezeigten, brutal aussehenden hässlichen Menschen mehr lebte. Und wie stolz mussten sie damals gewesen sein, fürs Töten ausgezeichnet und in der Wochenschau gezeigt zu werden. Thomas fiel ein, dass auch ihm, als er erheblich jünger gewesen war, manchmal mehr Aufmerksamkeit zuteil geworden war, als er im Nachhinein meinte verdient zu haben. Dieser Gedankengang passte nicht, denn Thomas war niemals für etwas Besonderes ausgezeichnet worden, erst recht nicht für etwas besonders Böses, wie zum Beispiel das Töten. Dennoch dachte Thomas im Zusammenhang mit dieser spätabendlichen Fernsehdokumentation daran, dass er vor vielen Jahren manchmal viel Aufmerksamkeit genossen hatte. Aus seiner heutigen Perspektive mochte er es kaum glauben, dass für ihn, exklusiv für Thomas, einmal eine Verehrerin eine Kassette mit stark schmeichelnden Songtexten aufgenommen hatte. Die junge Frau war ernsthaft in ihn verliebt gewesen, weit mehr als er in sie. Aber jung gewesen war er auch, nur in diese Frau nicht verliebt. Rückblickend musste das alles mindestens hundert Jahre her sein. Thomas konnte sich nicht einmal mehr an ihren Namen erinnern. Claudia oder Sabine oder irgendein damaliger Modename, den die

Frauen seiner Generation heute noch trugen. Jetzt packte Thomas der Ehrgeiz, und er wollte es genau wissen. So betrunken wie sonst war er gerade nicht. Nach längerem Suchen fand er tatsächlich die alte Kassette. Martina! „Für Thomas von Martina" war außen drauf auf dem selbst gebastelten Schutzumschlag zu lesen. Der Schriftzug „Martina" hatte an Stelle des Punkts auf dem „i" ein Herz. Das hatten damals „die Doofen" immer so gemacht. Thomas konnte sich an Martina nicht erinnern. Vermutlich hatte sie sich allein mit dem Herzen über dem „i" bei ihm disqualifiziert. Sehr wahrscheinlich, dass Thomas sich ganz ordentlich mit seinen Freunden über Martina lustig gemacht und den Kassetten-Schutzumschlag zur Freude aller herumgezeigt hatte. Selbstverständlich hatte er sich auch abwertend über die Musik äußern müssen, denn es war schon klar, dass er und seine coolen Freunde niemals den gleichen Geschmack wie eine Herzchenmalerin gehabt hätten. Die Kassette hatte er aber wieder und wieder gehört, wenn er allein gewesen war. Während die Martina für ihn eindeutig eine Nerverin gewesen sein musste, hatte er von dem Lied „You go to my head" nicht genug bekommen können. Heute schien es Thomas kaum vorstellbar, dass für Martina, die ihm „You go to my head" aufgenommen hatte, er gemeint gewesen war, wenn Billie Holiday sang:

... I find you spinning round

In my brain

Like the bubbles in a glass of champagne

Thomas hatte den Text noch im Ohr. Den Text eines Liedes auf dieser alten Kassette. Die alte Kassette warf er weg, das Lied wollte er nicht mehr hören. Nach all den Jahren war es mehr als unwahrscheinlich, dass es überhaupt noch etwas zu hören gab auf dieser Kassette. Den Schriftzug mit dem Herzen über dem „i" von Martina hob er auf. Den könnte er später wegwerfen. Er musste laut lachen über das blöde Herzchen. So sehr er versuchte, sich „Martina" vorzustellen: Er vermochte sich nicht zu erinnern. Irgendwann schlief er vor dem Fernseher ein. Am frühen Morgen, es war noch dunkel, wachte er mit Rückenschmerzen und sehr schlechter Laune auf. Was sollte er nur machen?

Was wäre seine Alternative zu dem Leben, das er jetzt führte? Irgendwo aufbewahrt und fest verschlossen betreut zu verschimmeln? Dann wäre er entwertet und entmündigt, ohne sich von Zeit zu Zeit noch was zu saufen. Unvorstellbar, das. Lieber tot als das. Seine Wahl. Am liebsten war er jetzt mit sich allein.

Es wollte Thomas mittlerweile seltener gelingen, die Wörter zu sortieren. Er hatte die Reihenfolge vergessen und konnte sich oft einfach nicht mehr erinnern. Schaute er jetzt auf seinen Wecker, um die Uhrzeit zu kontrollieren, so sagte ihm sein Kopf, er blicke auf den Rechner und das koste jetzt sechs Euro und fünfzig Cent. Statt dass er wahrnahm, dass es sechs Uhr fünfzig war. In solchen Augenblicken der immer größer werdenden Unsicherheit war er froh, dass er allein war.

Mit der Zeit fiel es Thomas schwerer als früher, auf etwas fokussieren, das er gerade zu tun begonnen hatte. Hatte er damit angefangen, die Spülmaschine auszuräumen, kam ihm in den Sinn, dass er sich Teewasser aufkochen könnte, weil er Lust auf einen Tee verspürte. Darüber vergaß er, die Spülmaschine weiter auszuräumen. Kein Tag verging ohne Fehlleistung. Die Fehlleistungen häuften sich.

Menschen zuhören, sie ausreden lassen, das von ihnen Gesagte verarbeiten und darauf passend zu reagieren war ihm längst unmöglich geworden. Zum Glück sprach fast keiner mehr mit ihm. Das Gehirn schien ihm wie eingetrocknet, ganz wie das eines zermürbten Greises. Eines Tages war der Zeitpunkt gekommen, zu welchem er Leistungsfähigkeit gegen Leidensfähigkeit hätte austauschen müssen. Thomas hatte ihn verpasst. Was hatte er früher geglaubt, das sein Leben für ihn bereithalten würde – und was hatte es aus ihm gemacht? Was genau, wenn er es zusammenfassen würde, war denn sein Leben gewesen?

Bedauerlicherweise gab es immer etwas, das auf irgendeine Weise Thomas' Wohlergehen unangenehm beeinträchtigte. Es gelang ihm nur jeden Tag unterschiedlich gut, damit umzugehen. Wenn er sich nicht nach dem Aufstehen noch vom Vortag versoffen fühlte und ein jämmerlicher Kopfschmerz das ihn vollständig dominierende Gefühl war, hatte er Schmerzen in der Hüfte, die er längst hätte erneuern lassen müssen. Es gab Tage, an denen Thomas ausschließlich von körperlichen Leiden gequält wurde.
Zunächst hatte er sich darüber gefreut, dass er sich als Rentner mit niemandem mehr würde messen müssen. Sehr schnell jedoch war ihm aufgefallen, dass er darüber Tag für Tag mehr verblödete. Es war ein hilfloses In-den-Tag-Hineinleben geworden, bei dem der Wettkampf fehlte. Meist war ihm jetzt nur noch nach

Schlafen zu Mute. Täglich abnehmende Beweglich-
keit im Kopf, sich steigernd in geistige Trägheit und
am Ende in Lethargie ausartend. Tagsüber fühlte er
sich, besonders wenn er am Vorabend viel getrunken
hatte, zerschlagen, geradezu dumm vor Müdigkeit
und Angespanntheit, keinen klaren Gedanken fassen
könnend. So gab es keine neuen Impulse, nicht eine
einzige frische oder verwertbare Idee. Thomas versuchte, in die Stille hineinzuhorchen. Lauschend. Die
Stille belauschend. So könnte er den ganzen Tag verbringen. Vielleicht einen ganzen Monat. Ohne Pause.
Der Erfolg blieb aber aus. Dauerhaft. Die Stille be-
ruhigte ihn nicht. Als Thomas aufgehört hatte zu arbeiten, hatte er zunächst nur eine unglaubliche Erleichterung darüber verspürt, endlich nicht mehr mitmachen zu müssen. Aber jetzt fragte er sich: Wozu
würde er sein Gehirn noch bemühen müssen?
Zuvor waren ihm viele durch ihre kolossale Unbil-
dung aufgefallen. Selbst wenn sie in keiner Weise
auffällig geworden waren, hatte Thomas sie verachtet.

Jetzt sah er sich verachtet als alter Trottel, der zunehmend zur Lachnummer wurde. Thomas wollte sich
wehren! Wehleidig und weinerlich oder mit Wutge-
heul – wie, das war ihm einerlei. Aber er wollte unbedingt etwas machen, um zu beweisen, dass er lebte.
Was konnte ein alter Kerl wie er noch wollen? Er
musste etwas tun. Wenn er sich im Spiegel betrachtete, grauste es ihn, weil ihn ein hässliches, versoffe-
nes Reptil daraus anschielte. Mit Falten am Hals, die
aussahen wie Jahresringe an einem alten Baum.
Das war er selbst. Was war aus ihm geworden? Welcher seiner früheren Weggefährten würde ihn heute

wiedererkennen, wer würde etwas von ihm wissen wollen?

Als leidenschaftlichen jungen Mann hatten ihn früher viele oft neidisch und beinahe hochachtungsvoll als „Schürzenjäger" bezeichnet. Das Wort würde heute niemand mehr benutzen. Er musste bitter auflachen. Was war von ihm übrig geblieben? Jetzt hatte er einen Mund, über dessen Lippen sich die Falten schürzten. Vom Schürzenjäger zum Schürzenmund. Das war alles. Allein die Frisur war wie damals. Die Frisur war sogar noch die gleiche wie auf dem Foto in Thomas' Kinderausweis, weil Thomas auch im Alter seine Haare nicht verloren hatte. Nur waren sie jetzt trist und in einem ungleichmäßigen Grau. Glanzlos die Haare, verkrustet und eingetrocknet die Haut. Besonders im Gesicht meinte Thomas eine Haut wie brüchiges Holz zu haben. Wenn er sich rasierte, fiel ihm das auf und er fürchtete sich davor, sich versehentlich zu schneiden und dabei stark zu verletzen. Die Vorstellung, dass ihm Blut unstillbar aus dem Gesicht rinnen sollte, schien ihm unerträglich.

Nachts würde er nicht schlafen können, wenn ihm das Gesicht brannte. Er konnte sowieso oft nicht schlafen, weil ihm die Nase dauernd verstopft war. Mit offenem Mund, also alternativ durch den Mund atmend, konnte er nicht einschlafen, weil ihm sofort der Mund eintrocknete und Thomas dadurch pausenlos husten musste. So versuchte er rasselnd und pfeifend durch die Nase zu atmen. Wenn es ihm endlich gelang einzuschlafen, begann er gleich zu schnarchen. Welche Frau hätte wohl Lust gehabt, ihre Nächte neben solch einem widerlichen Subjekt zu verbringen? Die Frage war rein rhetorisch, denn es gab ja seit Langem keine Frau mehr. Sein Freund war der Alkohol.

Zu oft fühlte Thomas sich larmoyant und weinerlich und wollte doch gern sogar noch ein bisschen mehr jammern dürfen vor lauter Unzufriedenheit. Irgendwann hatte er sich dazu entschieden, dass er nie mehr zufrieden sein könnte. Wann und zu welchem Anlass das gewesen war, wusste er nicht mehr mit Gewissheit zu sagen. Viele hätten das klischeehaft gern als „Jammern auf hohem Niveau" abgetan, weil Thomas weder Opfer einer Hunger- noch einer Erdbebenkatastrophe war. Und wenn er oft geradezu süchtig die Nachrichten verfolgte, verschloss er dennoch am liebsten die Augen vor dem Unglück der Welt. Was ging ihn ein Erdbeben am anderen Ende der Welt an? Thomas fragte sich, ob das Niveau seines Jammerns tatsächlich so hoch war und er keinerlei Berechtigung zum Klagen hatte. Die meisten seiner Leiden waren nicht nur eingebildet, und allein das Älterwerden betrachtete er inzwischen als chronische und leider unheilbare Krankheit. Als Thomas selbst jung gewesen war, hatte er sich immer darüber gewundert, wenn alte Menschen sich umbrachten. Wozu ganz am Ende ein Suizid, wenn es einer schon siebzig Jahre oder sogar länger mit sich selbst und seiner Umgebung ausgehalten hatte? Jetzt wusste er, warum. Das Älter- und Schwächerwerden, das Beobachten der schwindenden eigenen Funktionen war nicht auszuhalten. In Würde altern? Wer hatte wohl verbreitet, dass das möglich sei? Bei dem Gedanken wurde Thomas augenblicklich wütend und zerschlug die blöd grinsende Tonfigur, die eine jugendliche Freundin vor vielen Jahren für ihn getöpfert hatte.

Wie regelmäßig hatte Thomas sich früher über die kleinen Leiden seines älteren Bruders Stefan lustig gemacht, wenn dieser sich über das schlechte Essen in seiner Behördenkantine beklagt hatte. Das Essen schmeckte überhaupt gar nicht. Dazu kam, dass die Portion auf dem Teller viel zu klein war. „Dir kann es keiner recht machen", hatte Thomas dann gelacht. Aber tatsächlich war Stefan lange der zufriedenere der beiden Brüder gewesen.

Das hatte daran gelegen, dass er nie allzu große Erwartungen an sein Leben gehabt hatte. Der Vorteil lag auf der Hand: Wer keine großen Erwartungen hatte, konnte nicht enttäuscht werden, wer keine hochfliegenden Pläne verfolgte, konnte nicht versagen. So hatte alles zwei Seiten, und es kam nur darauf an, aus welcher Sicht man die Dinge betrachtete. Ruhe und Sicherheit waren wichtig gewesen. Das hatte Stefan lange Zeit genossen. „Ich kann nicht klagen", hatte er häufig gesagt, wenn er nach seinem Befinden befragt worden war. Von Thomas war er als Kleinbürger allein schon für diesen biederen Satz verspottet worden: „Ich kann nicht klagen!", hatte der Bruder ihn mit nölender Stimme nachgeäfft. Aber was sollte das? Hatte es nicht ausgereicht, nichts zu „klagen" zu haben? Stefan wünschte sich, er könnte das heute von sich behaupten. „Etwas bewegen wollen" hatte Stefan nie, und selbst als Jugendlicher hatte er sich diesen fehlenden Wunsch von seinem zeitweilig aggressiv von ihm Bekenntnisse fordernden Bruder Thomas nicht als Schwäche vorhalten lassen wollen. Stefan hatte gar nichts „bewegen" wollen und nicht einmal Lust gehabt, sich selbst zu bewegen. Seinen mangelnden Drang nach Bewegung, sei diese körperlich oder geistig, hatte Stefan stets offen zugegeben. Er hatte Veränderungen abgelehnt, weil sie ihn beunruhigt hatten. Rückblickend ging es ihm damit besser als seinem stets unruhigen Bruder Thomas – und was hatte der bewegt? Gar nichts, denn ziellos war sein Leben gewesen, und bis zum Schluss hatte er es ohne Zweck geführt. Nichts von dem, was er angefangen hatte, hatte den Zweck gehabt, beendet zu werden. Üblicherweise begannen Menschen etwas, weil sie anschließend etwas damit anfangen oder weil sie darauf aufbauen wollten, in jedem Fall, weil es am Ende zu etwas Großem, Solidem führen sollte. Sie machten ein Abitur, weil sie später vielleicht studieren wollten. Sie lernten eine Fremdsprache, weil sie sich beruflich verbessern oder doch wenigstens in das Land, dessen Sprache sie erlernten, in den Urlaub fahren wollten. Das war es, was die Leute taten, was man so machte. So sah es jedenfalls Stefan.

Auf eingeschränkte Art hatte Stefan sogar Erfolg gehabt. So hatte er es geschafft zu heiraten und eine feste Stelle zu halten, bis für ihn nach dem Tod seiner Frau alles zusammengebrochen war. Der Leidensdruck war dadurch für Stefan zu groß geworden, dass er ihm nicht mehr hatte standhalten können und dass er schließlich frühpensioniert hatte werden müssen. Aber bis dahin, das musste Thomas zugeben, war doch aus Sicht seines Bruders Stefan alles glatt gelaufen. Lange Zeit hatte Stefan aus eigener Sicht nichts zu klagen gehabt, niemals hatte er „etwas bewegen" wollen.

Ganz anders dagegen Thomas. Unendliche Unlust umfasste und umgarnte Thomas, weil ihm so gar nichts, aber auch ganz und gar nichts gelingen wollte. Dazu kamen seine inzwischen stark verlangsamten Reaktionen – auf alles. Eine besonders anhaltende Unzufriedenheit hatte ihn schon lange im Griff. In seiner Wohnung, so fühlte er, könnte er nur vertrocknen. Alles machte ihn müde. Grundsätzlich war er allen und allem gegenüber von großem Misstrauen erfüllt. Zusätzlich verdross ihn, dass er über Nacht die Wäsche hatte draußen zum Trocknen stehen lassen. Als er aufwachte, stellte er fest, dass es die ganze Nacht geregnet hatte. So begann der Tag von Neuem glanzlos, trüb und matt – ganz so, wie Thomas sich direkt nach dem Aufstehen gefühlt hatte. Er beschloss, den Morgen weiter zu verschlafen, irgendwann wieder aufzustehen und sich den Rest des Tages mit sich und seinen Stimmungen zu beschäftigen.

Den ganzen Nachmittag verbrachte er gelangweilt damit, sich mit einer Pinzette die zahlreichen Nasenhaare einzeln auszureißen. Das war dumpf ungenutzte, vertane Zeit. Thomas redete sich jedoch ein, dass er dem aktiv entgegenwirkte, ein vergammelter alter Mann zu sein. Was würde er wohl noch erleben? Wenn andere nichts mehr vorhatten, war das sicher nichts, was er als sein Problem zu akzeptieren bereit gewesen war. Aber jetzt war es auch sein Problem. Thomas war wie alle anderen geworden. Sich zu langweilen war das Gleiche, wie jeden Tag nur Brei zu essen – und sonst nichts und niemals etwas anderes. Brei jeden Tag, Tag für Tag, über Jahre hinweg. Danach würde er auch auf keine neue Idee mehr kommen. Er würde glauben, das müsse so sein. Dass es nichts anderes mehr gebe als Brei.

Der andere: Stefan

Thomas' älterer Bruder Stefan war bald Ende 60 und sah sich in einer ähnlich trostlosen, aus seiner Perspektive sogar ganz ausweglosen Lage. Vor allem: Weil er es sich immer so ganz anders vorgestellt hatte. Er hatte auf ein ruhiges Leben gehofft und damit gerechnet, dass alles bleiben würde, wie es war. Ein wenig klagen, ein wenig jammern, aber doch insgesamt sich nicht vorstellen können, dass – und vor allem wie – es jemals anders sein könnte. Denn am wichtigsten wäre für ihn gewesen, dass sich nichts veränderte. Seit seine Frau gestorben war, war gar nichts mehr gelaufen. Er war nicht dazu gemacht, allein zu leben. Er hielt es nervlich seit Jahren nicht mehr aus und wunderte sich darüber, dass er noch lebte. Einfach so dahin, weil es Routine war. Wenn er sich nur ein neues Nervenkostüm kaufen könnte. Das alte wegwerfen wie ein zerschlissenes Kleidungsstück und das frische neue überstülpen. Ein schönes, neues und anschmiegsames Nervenkostüm sich einfach überstreifen. Oder sich umbringen. Aber da er in den letzten Jahren dazu den Mut nicht aufgebracht hatte, glaubte er nicht, dass er zu solch einer heroischen Tat jemals im Stande wäre.

Concierto de Aranjuez – das war das bekannte Solokonzert von Joaquín Rodrigo. Noch heute hörte Stefan alle drei Sätze des Konzerts, und wie in seiner Jugend kamen ihm beim zweiten Satz regelmäßig die Tränen. Der zweite Satz, der zugleich der populärste war, hatte ihn bereits als jungen Mann berührt. Die Schallplatte, die er im Alter von zwanzig Jahren erworben hatte, besaß er immer noch. Das langsame, klagende Stück in h-Moll hatte ihn eine damals junge Frau beeindrucken lassen. Das war eine junge Frau, die seiner Mutter glich, und dies hatte er als unendliches Glück empfunden. Er hatte sie dazu überredet, ihn zu heiraten.

Wenn Stefan damals, als er jung war und die Wahl hatte, gewusst hätte, dass seine Frau schon mit 49

Jahren an Krebs sterben würde: Hätte er sie genommen? Wären die mehr als 20 guten Jahre, die sie zusammen verbracht hatten, es wert gewesen? Und was war mit den Jahren, die noch folgen würden, für ihn allein? Den 20, 30, im schlechtesten Fall vielleicht 40 Jahre, die Stefan nach dem Tod seiner Frau zu erwarten hatte. Als Katja starb, war er gebrochen und völlig zerstört. Er konnte nichts mehr, nicht einmal mehr seinem Routine-Job in der Behörde nachgehen. Stefan wusste, dass er nie wieder froh würde. Wenn er es nur gewusst hätte, damals, als er entscheiden konnte! Er hätte auf eine andere gewartet. Es hätte damals noch eine andere geben können. Stefan hätte seine Frau niemals verlassen. Dass sie ihn verlassen würde, wäre ihm nie in den Sinn gekommen. Aber sie hatte ihn verlassen, weil sie vor ihm gestorben war. So jung und so früh. Niemals hätte er sich das vorstellen können. Es war ein Unglück, dass man nicht in die Zukunft schauen konnte. Solange sie jung gewesen waren, war Gesundheit der Normalzustand gewesen. Etwas anderes war gar nicht denkbar oder vorstellbar gewesen. Es waren eben die anderen Dinge gewesen, die vielen Kleinigkeiten, über die Stefan sich geärgert hatte und die ihm stark zu schaffen gemacht hatten. Unpünktlichkeit und Nachlässigkeiten von Kollegen zum Beispiel. Am meisten hatten ihn Kollegen geärgert, die sich bei Vorgesetzten beliebt zu machen versuchten. Nur dass Gesundheit – seine und die von Katja – nicht selbstverständlich war und kein Dauerzustand bleiben würde, wäre ihm niemals in den Sinn gekommen. Als es so weit war, traf es ihn wie aus dem Nichts. Seitdem erwartete er gar nichts mehr. Nichts, auf das er sich hätte freuen können. Gar nichts Gutes glaubte er sich noch erhoffen zu können.

Besser, so dachte er, es wäre jetzt schon Schluss. Gnade. Ein Gnadenschuss für ihn wie für ein verendendes Vieh. Er bat darum. Das Problem war, dass Stefan sich keine andere Frau als Katja vorstellen konnte. Und ohne Frau kein Leben. Nach Katja konnte keine mehr kommen. Es war diese die einzige, die er gewollt hatte.

Stefan war vollkommen ratlos und überfordert. Wie hätte er mit der Situation umgehen können? Alles, was ihm einfiel, war superkalifragilistisch, expialligorisch. Das waren nicht erklärbare Wörter aus dem Film-Musical Mary Poppins, welches zu seiner Kindheit ein Hit gewesen war. So definierte die Filmfigur Jane die beiden Ausdrücke als etwas, das gesagt werden könne, wenn man etwas sagen wolle, während man nicht wisse, was man sagen solle. Wenn es einem – sozusagen – die Sprache verschlagen habe. Der Tod seiner Frau hatte Stefan die Sprache verschlagen. Superkalifragilistisch, expialligorisch, superkalifragilistisch, expialligorisch, superkalifragilistisch, expialligorisch, superkalifragilistisch, expialligorisch. Das wirre Zeug tanzte ihm Tag und Nacht im Kopf herum, obwohl es bei Mary Poppins natürlich nicht so gemeint gewesen war, dem Verzweifelten Worte zur Hilfe zu geben, wenn er keine mehr fand. Superkalifragilistisch, expialligorisch, superkalifragilistisch, expialligorisch, superkalifragilistisch, expialligorisch, superkalifragilistisch, expialligorisch. Das war für Stefan früher Teil seiner Jugendsprache gewesen. Wie ein beklemmender Teufelsspruch ließ es ihn nicht mehr los.

Er hatte sich nicht beruhigen können und war über den Kummer viel zu früh alt geworden. Insbesondere in den vergangenen zehn Jahren war Stefan stark verfallen. Jeder, der ihn früher gekannt hatte, sah ihm das Leiden an. Die Welt war ihm in den letzten Jahren zu schwer geworden. Ganz unmöglich und unvorstellbar, sich darin zu finden, überhaupt einen Weg und einen Platz für sich zu finden. Stefan glaubte, dass für ihn das Maß an Unglück voll sein müsste, als er mitten in der Stadt, am helllichten Tag, in der Fußgängerzone von einer Gruppe Jugendlicher überfallen und ausgeraubt wurde. Völlig unerwartet, denn selbst ausgeprägte Pessimisten rechnen nicht jeden Augenblick ihres Lebens damit, dass sie Opfer eines Überfalls werden. Das war mehr, als er ertragen konnte. An manchen Tagen vermochte er kaum wach zu werden und war immer wieder überrascht davon, wenn er morgens noch lebte. Er wollte wirklich nicht mehr leben. Seit dem Überfall fürchtete er sich davor, nach draußen zu gehen. Nur weil er sich selbst versorgen musste, hatte er keine Alternative. Stefan hatte den Überfall nicht einmal der Polizei gemeldet, weil er die bürokratischen Scherereien fürchtete, die er als ehemaliger Beamter zur Genüge kannte. Viel mehr aber fürchtete er sich vor der Rache der Täter, falls diese ermittelt und verurteilt würden. Stefan sah sich körperlich nicht im Stande, gegen irgendwen anzugehen. Weiter aber trug er ihn widerwillig durch die Welt: den schwergängigen müden alten Körper. Dünn und dürftig war seine Gestalt. Niemand hätte geglaubt, dass er in jüngeren Jahren konsequent gegen Übergewicht hatte kämpfen müssen. Früher hatte Stefan verschämt gesagt, dass er allein vom Ansehen der Süßigkeiten schon fett werde und so versucht, seine fehlende Disziplin beim Essen zu entschuldigen. Wie gern hatte er Kuchen und Schokolade gegessen. Mittlerweile war Stefan nur noch ein erbärmlicher Strich, ganz oben darauf befand sich eine Kugel, die sein Kopf war. Im Alter waren sich die beiden Brüder in der äußerlichen Erscheinung immer ähnlicher geworden. Während in jungen Jahren Stefan dick und behäbig, Thomas viril und schlank ausgesehen hatte, hätte kaum jemand die beiden für Brüder gehalten. Jetzt, als dürren alten Männern, war ihnen die Verwandtschaft sofort anzusehen. Stefan trug das zerfurchtere Leidensgesicht, das entstanden und ihm weiter so gewachsen war durch regelmäßige, lang anhaltende Schmerzen. Die schienen seit dem Tod seiner Frau von überall zu kommen. Das Gefühl des Sich-nicht-gut-Fühlens vereinnahmte ihn, bestimmte sein ganzes Dasein – und lähmte es. Tag für Tag.

„Mach es wie die Sonnenuhr, zähl die heit'ren Stunden nur", das war ein alberner Poesiealbumspruch, der ihm in den Sinn kam. Den hatte Stefans verstorbene Frau oft aus dem Poesiealbum ihrer Kindheit zitiert, um ihn bei vorübergehender Schwermut aufzurichten. Aber es gab für ihn gar keine heiteren Stunden mehr.

Was war es, das für ihn ein gutes Leben bedeutet hätte? Ein gutes Leben oder – allgemein gedacht – *das Glück.* Glück als der Zustand, in welchem jeder sich bei einem Leben wünschte, dass es so unverändert bleiben möge. Dass es zu einem Zeitpunkt so bleiben möge, wie es war, weil es gerade gut war. So und nicht anders. Problematisch war bloß, dass Stefan nie genau gewusst hatte, wann er glücklich gewesen war. Oft hatte er gedacht, es könnte ja vielleicht noch mehr kommen – und am Ende war es dann doch nur weniger, immer weniger geworden. Nachträglich betrachtet, wären die Jahre mit Katja die besten gewesen, als diese gesund gewesen war. Nur hatte Stefan das damals nicht wissen können, dass dies die besten Zeiten sein würden, dass das Leben niemals wieder so gut werden würde wie zu dieser Zeit. Hätte er das gewusst, hätte er die Augenblicke sicher mehr geschätzt. Aber, und dieses Beispiel fiel Stefan sofort aus seiner christlichen Erziehung ein, das war ein völlig menschliches Verhalten. Schon in der Schule hatte er erfahren, dass Adam und Eva erst bewusst wurde, dass sie im Paradies gewesen waren, nachdem sie aus diesem längst vertrieben worden waren.

Zu viel Zeit hatte Stefan damit vergeudet, auf bessere Zeiten zu hoffen – ohne eine konkrete Vorstellung davon zu haben, wie diese sein sollten. Was geschehen sollte, damit sie *gut* wären. Als er aufgehört hatte zu hoffen, war ihm bewusst geworden, dass die ersehnten guten Zeiten längst vergangen waren. Er war mittendrin gewesen, aber hatte sie nur nicht bemerkt.

Im Nachhinein fielen Stefan all die Kleinigkeiten ein, die er seiner Frau angetan hatte und die er nicht wieder gutmachen konnte. Nicht die geringste Kränkung hatte er vergessen, obwohl es sehr wenige gewesen waren, denn überwiegend hatten Stefan und Katja harmonisch gelebt. Manchmal musste er jetzt daran denken, dass sie sich selten über das abendliche Fernsehprogramm hatten einigen können. Meist hatte Stefan aus Prinzip darauf bestanden, den Actionfilm zu schauen, obwohl Katja viel lieber die Quizshow gesehen hätte. Stets hatte Katja nachgegeben, weil sie zur Gutmütigkeit und zum Nachgeben erzogen worden war. In der zweiten Reihe stehen, nichts für sich selbst wollen – so hatten ihre Eltern es ihr beigebracht. Katja hatte zu Stefans Gunsten verzichtet, und danach hatte Stefan sich gut und männlich gefühlt. Er war doch derjenige, dessen Stimme zu Hause mehr Gewicht hatte und der die Entscheidungen traf. Es waren nur Kleinigkeiten gewesen, die zwischen den beiden zu geringfügigen Dissonanzen geführt hatten. Dennoch: Zu spät, aus und vorbei. Keine der Handlungen war mehr rückgängig zu machen. Katja war tot und Stefan konnte nicht den kleinsten Streit mehr ungeschehen machen. Im Nachhinein war dies das Einzige, was er sich jetzt wünschte: auch nur das kleinste Unrecht, das er seiner Frau angetan hatte, wieder gutzumachen.

Mit dem Tod seiner Frau Katja war Stefan bewusst geworden, dass jedem, wahrhaftig jedem jederzeit alles passieren konnte. Es konnte einer plötzlich erblinden, einem Autounfall erliegen oder aber ebenso gut über Nacht zum Millionär werden. Nur eines, dessen war er sich gewiss, konnte ihm niemals mehr widerfahren: das war, dass er, Stefan selbst, jemals wieder zufrieden würde. Als er allen Grund dazu gehabt hatte, das zu sein, war er es nicht gewesen. Mehr aber würde nicht mehr kommen. Er dürfe nicht so viel grübeln, war ihm nach Katjas Tod von einigen Wohlmeinenden gesagt worden. Das führe zu nichts.

Wenigstens plagte Stefan keine Geldnot. Im gehörten ein ganzes Haus und satte Ersparnisse, zudem bezog er eine gute und vor allem sichere Pension. Es war für ihn inzwischen fast eine verstörende Sorge, zu viel – statt wie früher als junger Mensch viel zu wenig – zu besitzen. Es handelte sich um nichts als Wohlstandsprobleme. Stefan war auch im Kopf sein Leben lang zu satt gewesen, um gute Einfälle zu haben. Das war es, was Thomas von seinem älteren Bruder hielt. Für zu müde und satt hatte Thomas seinen Bruder befunden, weil Stefan Beamter gewesen war. Hauptamtlicher Bedenkenträger statt Preisträger, hatte Thomas hämisch bemerkt. Ein kleines Licht nur, das war dazu stets Stefans eigene bescheidene Aussage gewesen. Insgeheim hatte er jedoch mit dem Gedanken kokettiert, dass er intellektuell weit unter seinen Möglichkeiten geblieben war und viel mehr als bloß Finanzbeamter hätte werden können. Er rechtfertigte sich vor sich selbst damit, dass er sich einfach für Kontinuität und Sicherheit entschieden hatte. Eine Vernunftentscheidung, nicht ein Mangel an Möglichkeiten, war ausschlaggebend für seine Wahl gewesen. Stefan war von Thomas oft dafür verspottet worden, dass angeblich jeder ihm seine Trägheit und wohlstandsbürgerhafte Saturiertheit ansehe. Wer Stefan heute begegnete, wäre bei seinem Anblick nicht auf diesen Gedanken gekommen. Denn Stefan sah bloß elend, hungrig und völlig erbärmlich aus. Während die Welt sich weiter bewegte, war Stefan innerlich längst zum Stillstand gekommen. Das Vermögen auf seinem Konto sah bis zum Ablauf einer für ihn zu erwartenden durchschnittlichen Lebenserwartung nach mehr als genug aus. Die sichere Pension würde jeden Monat überwiesen, so dass alle regelmäßigen Kosten vom Konto abgebucht werden konnten, ohne dass er ins Minus geriet. Es würde keinem auffallen, wenn er plötzlich verschwände oder stürbe. Er musste nur für gelegentliche kleine Besorgungen aus dem Haus gehen, damit er nicht verhungerte oder verdurstete. Wenn er nach draußen ging, bewegte er sich vorsichtig, nahezu somnambul, tastend durch die Straßen. Stefan ging nur noch zu Fuß. Auto zu fahren traute er sich nicht mehr.

Es war zuweilen geschehen, dass Stefan in einem Anflug von Müdigkeit, Verzweiflung und dem dringenden Wunsch, von der Welt und ihrem Geschehen nichts wahrnehmen zu müssen die Augen geschlossen hatte. Einen Augenblick lang hatte er die Augen geschlossen, ohne das bewusst zu tun. Kurz nur, aber vollkommen reflexhaft und ungesteuert, so dass er sich dessen erst nachträglich gewahr wurde. Einige Male wäre er dabei nahezu von einem Auto erfasst worden, weil er die Augen beim Überqueren der befahrenen Straße kurz geschlossen hatte. Es bestimmte ihn der unterbewusste Wunsch, bloß einen Moment lang die Augen vor der Wirklichkeit verschließen zu können. Daraufhin hatte Stefan seinen Führerschein freiwillig abgegeben – unter dem Vorwand einer zunehmenden Sehschwäche. Er wollte kein Risiko für andere sein. Wäre es nur um ihn gegangen, wäre es ihm egal, möglicherweise sogar ganz recht gewesen.
Außerdem fürchtete Stefan sich davor, den Überblick zu verlieren und den Weg nicht mehr zu finden. Das war selbst bei Wegen so, die ihm früher vertraut gewesen waren und die er aus reiner Routine im Schlaf hätte fahren können. Dabei war Stefan ein guter und sicherer Autofahrer gewesen, und er hatte sehr gern auch lange Strecken mit dem Wagen zurückgelegt. Dasselbe Problem der wachsenden Orientierungslosigkeit hatte er mittlerweile beim Laufen in der überschaubaren Innenstadt, in der er lebte. Hier aber konnte er innehalten, sich auf einer Bank niederlassen, sich ausruhen und versuchen, die Orientierung wiederzugewinnen. Ohne dass jemand merkte, dass er sie zuvor verloren hatte. Mit dem Auto durfte er nicht einfach mitten auf der Straße stehen bleiben, wenn er das Gefühl hatte, nicht mehr weiterfahren zu können –

oder wenn er sich durch andere vorbeifahrende Autos bedroht fühlte. Selbst mit dem Bus vermochte er nicht zu fahren, weil er keinerlei Vorstellung davon hatte, wie man sich im Bus benahm. Mit dem Bus war Stefan zum letzten Mal als Schüler gereist. Er hätte sich heute – umgeben von Fremden, wie es in öffentlichen Verkehrsmitteln zu erwarten war – unsicher gefühlt. So lebte er immer eingeschränkter.

Früher hatte Stefan von Zeit zu Zeit sogar Freude dabei empfunden, wenn er etwas begriffen, wenn er sich etwas Neues erschlossen hatte. Selbst wenn dies nur Kleinigkeiten gewesen waren, wie zum Beispiel die Einführung einer neuen Software in seiner Behörde. Während viele Kollegen sich hartnäckig und widerborstig gegen alle Neuerungen gesperrt hatten, war Stefan möglichen Verbesserungen gegenüber offen gewesen und hatte sich über Erweiterungen seiner Kenntnisse gefreut. Überhaupt hatte Stefan gar nicht ungern als Finanzbeamter gearbeitet, obwohl er das nicht offen zugegeben hatte. Denn in der Öffentlichkeit galt dieser Beruf oft nicht als interessant. Stefan aber hatte die Sicherheit und die genauen Vorgaben im Dienst geschätzt, ohne sich davon eingeengt zu fühlen. Er hatte gern etwas Neues bei der Arbeit gelernt. Aus seinen neuen Erkenntnissen, allem frisch Erlernten und der Regelmäßigkeit seiner Tätigkeiten hatte Stefan viel mehr Befriedigung erlangt als aus dem bloßen Konsum. Da er sich als finanziell rundum abgesichert gesehen hatte, hatte er keine großen Bedürfnisse gehabt. Das Konsumieren, mit einer überwältigenden Auswahl von allem, nahm Stefan höchstens als ärgerlich wahr, weil es endlose Zeit zum Suchen, Vergleichen, Entscheiden forderte – sei es für eine Tüte H-Milch oder eine Tafel Schokolade, die es in unzähligen Varianten und Preisklassen zur Auswahl im Supermarkt gab. Das Konsumieren, wenn es nicht um gutes Essen ging, hatte Stefan schon immer als einen Verlust von Lebenszeit gesehen. Das Überangebot hatte ihn genervt. Früher hatte Katja sich um alle Besorgungen kümmern müssen. Statt Dankbarkeit dafür, dass es keinen Mangel gab, empfand Stefan bei dem großen Warenangebot bloß Überforderung, die schließlich entweder in Aggression oder in Verzweiflung umschlug. Und so wurde es mittlerweile für Stefan zur überwältigenden, ihn dauerüberfordernden Aufgabe, sich um seine eigene Versorgung zu kümmern. Zunehmend ergriff ihn die Furcht davor, dass ihm sein eigenes Leben entgleiten könnte.

In der Bäckerei musste Stefan für zwei Brötchen lange anstehen. Dabei hörte er, wie während des Bedienens die eine Verkäuferin zur anderen sagte, sie sei zum Monatsende entlassen, weil der Chef den Eindruck geäußert habe, sie sei *nicht glücklich mit dem Job*. Die andere zeigte sich erschrocken, wer sie denn in Zukunft nach Hause fahre, wenn die Kollegin, die ein Auto besaß, entlassen sei. Stefan aber beschäftigte viel mehr die Frage, warum die junge Frau entlassen werden sollte, weil sie *nicht glücklich mit dem Job* sei. Offenbar hatte sie sonst keine Fehler gemacht, es war ihr nichts weiter vorzuwerfen. War es inzwischen Voraussetzung, *glücklich mit dem Job* zu sein, um ihn behalten zu dürfen? War es nicht früher so gewesen, dass Arbeitnehmer ihre Jobs verließen, weil sie nicht glücklich damit waren? Und jetzt schien es plötzlich so, dass Arbeitgeber es neben der Erledigung der Aufgabe den Arbeitnehmern zur Pflicht machten, mit der Arbeit außerdem noch *glücklich* zu sein? An der Kasse sitzen oder hinter der Theke stehen, weil das *glücklich* machte? Stefan verstand die verkehrte Welt nicht mehr.

In dem zur Bäckerei gehörenden Café saßen drei Rentner – zwei Frauen und ein Mann –, die nur wenig älter als Stefan selbst sein konnten. Wartend, bis er an der Reihe sein würde, belauschte Stefan deren Gespräche. Wirklich lauschen musste er nicht; er hörte bloß zu: Laut ereiferten die drei sich über die Fahrradfahrer, die auf dem Bürgersteig fahren und nur allzu oft straflos ausgehen für diese Zuwiderhandlung. Später erzählte der männliche Rentner von seinem Sohn. Der sitze bedauerlicherweise derzeit wegen Drogenhandels für fünf Jahre im Gefängnis. Dabei sei er eigentlich ein guter Junge. Jetzt musste Stefan doch kurz einen Blick zur Seite riskieren und erblickte drei Menschen, denen er schon aus dem Augenwinkel ihre bodenlose Dummheit anzusehen glaubte. Er meinte, diese freche Dummheit würde er an diesen Leuten schon erkennen, selbst wenn er bloß hinter ihnen herliefe. Er müsste sie nicht einmal von vorn dazu sehen, weil er sicher war, dass ihre Haltung bereits von hinten eine gebückte, böse Dummheit gut erkennen ließ.
Plötzlich fing eine der Frauen zu keifen an, weil ein weiterer Kunde den Laden betrat: „Das zieht hier ja wie Hechtsuppe! Tür zu!"
„Eine zugige Hundebude ist das", pflichtete der Mann bei. Stefan drehte sich um und schlug der Gruppe mit der flachen Hand auf den Tisch, dass die drei Kaffeetassen darauf klirrten: „Ruhe! Dass endlich Ruhe ist!"
Er schrie hysterisch. Die drei Rentner erschraken, der Mann fasste sich als Erster wieder und sah sich in der

Pflicht, sich sofort vor seinen beiden Begleiterinnen zu profilieren. Er erhob sich und sagte, zu Stefan gewandt: „Pass auf, Junge! Gleich geht's rund." „Ach, Heinz, lass den Penner. Der pfeift doch schon aus dem letzten Loch!", fand die dickere der beiden Frauen. „Der ist doch bekloppt. Dem möchte ich nicht im Dunkeln begegnen", fügte die andere hinzu. „Im Hellen auch nicht", lachte der dadurch bestätigte und beschwichtigte Mann. Jubel Trubel Heiterkeit. Rundherum. Für Stefan war es noch einmal gut gegangen, weil er keine Prügel kassiert hatte. Immerhin. Zitternd und ohne ein Frühstück für sich eingekauft zu haben verließ er die Bäckerei. Zu Hause legte er sich flach auf sein Sofa, um sich zu beruhigen. Er war völlig erschöpft.

Stefan musste sich mittlerweile sehr oft tagsüber ausruhen. Das geschah zum einen, weil er sich ständig erschöpft fühlte, zum anderen aber deshalb, weil er sich vor den Nächten fürchtete, die er immer allein verbringen musste. Je länger er sich am Tag ausgeruht hatte, desto weniger Schlaf benötigte er in der Nacht. Stefan hatte Angst vor den Nächten, denn mit zunehmendem Alter schienen seine Alpträume sich von Nacht zu Nacht zu vermehren. Inzwischen waren sie so realistisch, dass Stefan das Gefühl hatte, ein Autor sitze Tag für Tag unsichtbar neben ihm und mache sich Notizen zu seinem Leben – um anschließend ein sorgfältiges Skript für den allnächtlichen Alptraum für Stefan anzulegen. Jetzt ängstigte sich Stefan davor, in der Nacht von den wütenden Rentnern, die ihm im Café begegnet waren, zu träumen. Das waren Menschen in seinem Alter, aber Stefan fragte sich, woher diese die Kraft für ihre Wut nahmen. Er war den meisten Menschen gegenüber sein Leben lang

neutral gewesen, weder ein besonderer Menschen-
freund noch ein Menschenhasser gewesen. Jetzt
fürchtete er sich vor ihnen. Er fühlte sich ermattet und
hatte Angst vor jeder kommenden Nacht. Weil ihm
vor den Nächten grauste, versuchte er oft, tagsüber im
Hellen auf dem Sofa einzuschlafen und nachts wach
zu bleiben.

Stefan und Thomas hatten ihre vier Geschwister überlebt. Diese waren viel zu früh gestorben – zwei durch
tödliche Unfälle, zwei durch Krankheiten, als ob ein
unheilvoller Teufel über dieser Familie gewacht hätte,
um sie zu peinigen und zu vernichten. Mit solch einer
Kindersterblichkeit war außerhalb von Kriegszeiten
im 20. Jahrhundert nicht zu rechnen gewesen. Der
Letzte, Klaus, welcher der Jüngste gewesen war, war
im Alter von 9 Jahren wegen eigener Unachtsamkeit
von einer Straßenbahn überfahren worden. Da hatten
Thomas und Stefan noch zu Hause gewohnt und beide
das örtliche Gymnasium besucht. Besonders für die
Eltern war es hart gewesen, vier ihrer sechs Kinder zu
überleben. Das Schicksal der Familie war zweifellos
so ungewöhnlich und grausam, dass sich die Zei-
tungen sensationslüstern dafür interessierten, darüber
zu berichten. Mit Reportern zu sprechen hatten die Eltern empört und entschieden abgelehnt. Ein kleiner
Bericht über das Unglück der Familie war aber doch
in der Lokalzeitung erschienen. Ein redseliger Nach-
bar hatte das Material dazu geliefert und dabei den
Eindruck entstehen lassen, die Eltern seien durch
mangelnde Fürsorge nicht ganz unschuldig am Tod
ihrer vier Kinder. Danach hätten die Eltern sich am
liebsten auf alle Zeit versteckt. Aber es musste weiter-
gehen, sie mussten sich zusammennehmen für Tho-

mas und Stefan, die Überlebenden. Die Mutter hatte es drei Jahre lang geschafft, um schließlich langsam an Krebs zu sterben, so dass allein der Vater übrig geblieben war. Die Wünsche der Eltern für ihre lebenden Söhne waren groß gewesen. Ebenso wie die Hoffnungen, die sie in diese gesetzt hatten. Etwas Außergewöhnliches sollte aus ihnen werden. Aber Thomas und Stefan hatten nichts Besonderes werden wollen. Dass sie überhaupt lebten, war ihnen an Besonderheit genug. Insbesondere nach dem Tod der Mutter hatte der Vater noch einmal alle Kraft aufgebracht, um darauf zu achten, dass aus den Söhnen „etwas" werde. Was genau das sein sollte, hätte der Vater selbst nicht sagen können, aber sicher war, dass er sie dringend hatte behüten und dafür sorgen wollen, dass sie ihren ordentlichen Platz finden möchten in der Gesellschaft. Der Vater war übervorsichtig und ängstlich geworden und war ständig nur damit befasst gewesen, vor etwas zu warnen: „Lass dir eines gesagt sein, Junge: Der ist nicht deine Kragenweite." Schon immer hatte Stefan darüber nachdenken müssen, warum der Vater sagte „ist" und nicht „hat". Er hatte oft so gesprochen, um den Söhnen vermeintlich schlechten Umgang auszureden, gar zu verbieten, damit sie nicht *in üble Gesellschaft* und unweigerlich als Konsequenz dessen *auf die schiefe Bahn* gerieten. Der „hat" nicht deine Kragenweite, wenn schon. Das wäre nach Stefans Sprachempfinden richtig gewesen. Der Vater aber hatte anhaltend gemahnt und gewarnt mit „der ist nicht deine Kragenweite", wenn er ausdrücken wollte, dass sich ein Freund der Söhne nicht auf deren Niveau befinde – und niemals hätte Stefan es gewagt, diese Aussage in Frage zu stellen oder gar zu korrigieren. Das hätte nicht einmal Thomas, der Aufsässige und Mutigere von den beiden, damals getan. Es waren andere Zeiten als heute gewesen. Bessere oder schlechtere, was ließ sich dazu schon sagen? Andere einfach, und im Nachhinein erschienen sie Stefan als besser, weil die Brüder jung gewesen und damals noch alles denkbar, theoretisch doch möglich gewesen wäre. Jeder von beiden hätte alles werden oder machen können. Und so war eben jetzt nicht mehr ihre Zeit.

Wenn Stefan, der sich gern mit Statistiken beschäftigte, seinen statistischen Todestag errechnete, hatte er noch gut fünfzehn Jahre zu leben. Das war eindeutig zu viel. Allerdings: Was bedeuteten schon Statistiken? Das waren für Individuen nur Richtwerte.
Obwohl Stefan und Thomas in unterschiedlichen Städten wohnten und nicht miteinander sprachen, war ihre Verzweiflung nahezu die gleiche.
Natürlich war bei dem Alter der beiden Brüder die Abnahme der Gedächtnisleistung, die Verschlechterung der kognitiven Fähigkeiten nichts Ungewöhnliches: Die Wahrnehmungsfähigkeit war längst nicht mehr so stark ausgeprägt wie früher, Aufmerksamkeit und Konzentrationsfähigkeit ließen schneller nach, das Lernen – wenn es darum ging, etwas zuerst zu begreifen und es sich anschließend einzuprägen – war für die meisten in diesem Alter viel schwieriger als zuvor. Probleme zu beseitigen, indem er sie erst in einem Gesamtzusammenhang betrachtete, anschließend analysierte und letztlich löste, das schien Stefan heute nahezu unmöglich. Bei jeder sich ihm stellenden Schwierigkeit geriet er in Panik, und augenblicklich machte ihm ein starkes Herzrasen zu schaffen. Die räumliche Vorstellungskraft und Orientierung

wurden immer weniger. Stefan hatte noch niemals einen guten Orientierungssinn gehabt, so dass er jetzt im höheren Alter, auf sich allein gestellt, in ihm unbekannter Umgebung nahezu verloren gewesen wäre. Was ihm blieb, war allein die Möglichkeit, auf alte Erfahrungen zurückzugreifen, etwas zu tun, das er irgendwann erlernt und bisher nicht vergessen hatte. Das konnten Routineübungen und -tätigkeiten sein, die er problemlos und sicher ausführen könnte, wie zum Beispiel sein Wohnzimmer aufzuräumen und den Müll herauszutragen.

Beide Brüder fühlten sich vom Leben hoffnungslos überfordert. Möglicherweise war das der Grund dafür, weshalb sie einander nicht trafen, sich nicht einmal zu hohen Festtagen miteinander verabredeten. Es gab kein schlechtes Verhältnis, sondern gar kein Verhältnis zwischen den beiden Geschwistern. Keiner hätte dem anderen helfen können, keiner vermisste den anderen, obwohl sie beide der Rest der Familie waren und sonst kaum Kontakte und keine andere Stütze hatten. Obwohl sie nicht miteinander zerstritten waren, mochte keiner den anderen besonders gut leiden, und sowohl der eine als auch der andere hätte jedem Fremden als Freund den Vorzug vor dem eigenen Bruder gegeben.

Auch Thomas hat nichts gewagt

Der seit langen Jahren tote Bruder Klaus saß für Thomas in wiederkehrenden Träumen von Zeit zu Zeit an einem Tisch im Café des Edeka-Bäckers und aß ein Mettbrötchen. Er war nur etwa 40 Jahre älter, als Thomas ihn in Erinnerung hatte. Klaus saß ganz ruhig da und aß langsam, sorgfältig kauend. Ohne jede Vorwarnung. Thomas war fassungslos. Im Traum. Das Café beim Edeka, von dem Thomas träumte, gab es tatsächlich. Der Traum umklammerte Thomas mittlerweile tagsüber so hart und fest, dass er sich nicht mehr im Stande sah, bei Edeka einkaufen zu gehen. Er hatte Angst, dort im Café Klaus zu begegnen.

Die Familiengeschichte der Brüder Thomas und Stefan taugte gut dazu, die beiden unsicher und wenig gefestigt ins Leben zu schicken. Um überhaupt weiterleben zu können, nachdem der Rest ihrer Familie verstorben war, hatten sich Thomas und Stefan auf unterschiedliche Art davon abgelenkt, sich allzu stark auf ihre jeweils eigene Existenz zu konzentrieren: durch übermäßiges Wichtignehmen der eigenen Arbeit oder übermäßiges Eintauchen in oberflächliche Vergnügungen, durch schnellen Konsum im Rahmen ihrer Möglichkeiten – das Wichtigste war dabei gewesen, sich nicht mit der Sinnfindung für die eigene Existenz zu befassen. Es wäre fatal gewesen, das schon als junger Mensch zu tun und herauszufinden, dass es recht wenig sicheren, verbindlich nachvollziehbaren Sinn für ein einzelnes Leben gab. Dass alle, die danach suchten, sich selbst etwas dafür ausdenken mussten. Zum Beispiel Politik oder Religion oder die eigene Familie. Lange Zeit hatte Thomas geglaubt, dass es das Schlimmste sein müsste, langsam an Krebs zu sterben. So sehr war er von dieser Furcht vor Krebs besessen gewesen, dass er über die Jahre hinweg alle möglichen verschiedenen Arten davon abwechselnd an sich entdeckt zu haben geglaubt und deren vermeintliche Weiterentwicklung beobachtet hatte. Immerhin waren beide Eltern qualvoll an Krebs verstorben – und wenn sie ihm schon nicht viel hinterlassen hatten, so war Thomas davon überzeugt gewesen, dass sie ihm mindestens den Krebs vererbt hatten. Ihm und nicht seinem Bruder Stefan. Eine Erklärung dafür hatte er nicht gehabt, aber dennoch war er wie besessen von der Vorstellung gewesen. In seinem Tun und Handeln hatte ihn diese Vorstellung sehr eingeschränkt, denn warum hätte Thomas längerfristige Pläne machen sollen, wenn sowieso feststand, dass er bald schwer und lebensbedrohlich erkranken würde? Über einen großen Zeitraum hinweg hatte Thomas sich mit kaum etwas anderem mehr beschäftigen können. Bis es geschehen war, dass einer seiner Freunde auf dem Rückweg von der Arbeit von Unbekannten beraubt und so stark misshandelt worden war, dass er die ihm verbleibenden drei Jahre, die er noch zu leben hatte, körperlich schwerstbehindert, aber geistig bei vollem Bewusstsein im Rollstuhl gesessen hatte. Damit war Thomas klar geworden, dass jedem jederzeit alles passieren konnte. Zu jedem Zeitpunkt und einfach alles, woran vorher noch nie jemand gedacht hatte. Es war Thomas in den Sinn gekommen, dass es oft gerade die Dinge waren, die Menschen widerfuhren, mit denen sie am wenigsten gerechnet hatten. Vom einen auf den anderen Tag war seine Krebsangst verflogen gewesen. Dass seine Schwägerin so früh an Krebs gestorben war, hatte er später dann als Zufall und nicht als Möglichkeit aufgenommen, dass auch er daran sterben könnte.

Nicht weiter ausgebaute Fähigkeiten, nicht eingegangene Risiken – vertane Zeit

Dennoch war ihm schnell wieder Neues eingefallen, das ihn belastete. So hatte Thomas konsequent das

Gefühl, dass er sich um alles übermäßig bemühen musste. Alles schien ihm extrem anstrengend und mühsam, um am Ende für ihn, Thomas, nur ganz geringen Ertrag zu bringen. Das Preis-Leistungs-Verhältnis stimmte nicht. Bei ihm nicht, bei Thomas. „Von nichts kommt nichts!", meinte er seinen verstorbenen Vater rufen zu hören. Und: „Ohne Fleiß kein Preis!" Das schien sich in der Tat für Thomas bewahrheitet zu haben, aber als allgemeingültig wollte er diese Mahnungen nicht erheben. Denn viele konnten und taten gar nichts und hatten trotzdem ausreichend Geld. Oft hatte Thomas sich gefragt, warum er nicht einfach zu denen gehören durfte. Schon als jungen Menschen hatte ihn diese Frage so oft beschäftigt, und niemals hatte er eine Antwort darauf gefunden. Es ging immer nur um Geld, alles drehte sich um das Geld allein. Vor langer Zeit war Thomas einmal darauf gekommen, seine scharfsinnigen Gedanken über das Geld zu sammeln und als Pamphlet zu verkaufen. Dann hatte er, auf einmal angewidert von sich selbst, davon Abstand genommen. Wer hätte denn Interesse daran haben sollen, seine Aphorismen zu lesen?

Des Weiteren zeichnete Thomas sich durch völlig nutz- und wertlose Fähigkeiten und kleinere Fertigkeiten aus, die sich bloß aus seiner intellektuellen Neugier entwickelt hatten. Er konnte zum Beispiel einiges, was gemeinhin als ganz nett, aber überflüssig betrachtet wurde, weil sich damit kein Geld verdienen ließ. So sprach er recht ordentlich Französisch, konnte dies aber nicht mit einer formellen Ausbildung und einem diese abschließenden Zertifikat belegen, weil er die Sprache autodidaktisch erlernt hatte. Deshalb war er damit für die Praxis nicht zu gebrauchen gewesen, weder als Dolmetscher, weil er das nicht gelernt hatte, noch als Lehrer, zumal er nicht einmal die rudimentärsten grammatischen Regeln hätte erklären können. Außerdem sang er sehr schön, aber das konnten wohl zu viele – und ihm hatte ohnehin der erforderliche Ehrgeiz dazu gefehlt, irgendeines seiner Talente zu vermarkten. Das aber wäre die grundsätzliche Voraussetzung dafür gewesen, seine Fähigkeiten zu Geld zu machen. Thomas hatte immer zu viele verschiedene Tätigkeiten begonnen, etwas zu lernen angefangen, aber nichts richtig zu Ende gelernt, nichts weiter vertieft, sobald ihm die Geduld ausgegangen war oder er sich für etwas Neues interessiert hatte. Deshalb war er niemals in etwas wirklich gut geworden. „Von nichts kommt nichts!" Wie sehr hatte Thomas sich früher über den Vater geärgert, wenn dieser ihn zu größeren Leistungen, zu mehr Einsatz, zum Ehrgeiz zeigen hatte anspornen wollen.

Vor ein paar Jahren hatte Thomas überraschend eine größere Summe Geld von seiner verschollen geglaubten Patentante geerbt. Seine Patentante Helga, die jüngste Schwester seines Vaters, hatte sich nach Thomas' Taufe nicht mehr für ihren Neffen und ihre Verantwortung als Patin interessiert. Zu der allein stehenden Tante Helga war der Kontakt abgerissen, weil sie ein unabhängiges Leben hatte führen wollen. Thomas' Eltern hatten oft verärgert und gekränkt darüber gesprochen, dass „Helga sich aus der Verantwortung gezogen hat". Die Familie war von zahlreichen Schicksalsschlägen getroffen worden und hätte sicherlich externen Zuspruch gern gehabt und Unterstützung stark benötigt. Die Tante hatte es aber vorgezogen, ihr eigenes Leben zu führen. Sie hatte als Lehrerin gearbeitet, war in den Ferien durch die Welt gereist und hatte sich hier und da kleine Vergnügungen gegönnt, die durchaus etwas kosten durften, denn schließlich hatte sie Geld und war niemandem Rechenschaft schuldig. Thomas hatte nicht einmal gewusst, dass sie noch gelebt und zudem zum Schluss ihn als Patenkind als ihren einzigen Erben eingesetzt hatte. Mit dieser erfreulichen Überraschung war für ihn der Blick auf die Zukunft plötzlich – wenigstens finanziell – etwas weniger trüb geworden. Weil er mit dem Erbe nicht mehr um seine bloße Existenz fürchten musste, hatte er sich dafür entschieden, eine Art Hilfslehrer auf Abruf zu bleiben. Die Jahre gingen dahin, während er ohne Vertrag, ohne Sicherheit, aber dafür wenigstens auch ohne Verantwortung arbeitete. Das war das Beste gewesen: dass Thomas keine Verantwortung tragen musste. Er wurde gerufen, wenn das Institut ihn brauchte. Wenn es ihn nicht brauchte, wurde er nicht gerufen – so einfach war das. Dann verdiente er eben nichts. Das Institut war ihm zu nichts verpflichtet und Thomas schuldete dem Institut nichts. Niemals in seinem Leben hatte Thomas eine von ihm ernst genommene und akzeptabel bezahlte Tätigkeit ausgeübt. Seiner Ansicht nach jedenfalls war alles, was er leistete, nur sehr dürftig honoriert worden, wenn man in Betracht zog, dass er studiert hatte. Ein paar Semester hatte er durchgehalten, und sein Vorhaben, das Studium abzuschließen, nicht zu Ende gebracht. Das Lehramtsstudium hatte Thomas nach dem bestandenen ersten Staatsexamen endgültig gereicht. Er war der Sache überdrüssig gewesen. Das Lehren war für ihn kein Vergnügen gewesen; es war ihm nur nichts anderes eingefallen. Lust zu arbeiten hatte Thomas nie gehabt, und das war wohl das Hauptproblem – für potenzielle Arbeitgeber, die hören wollen, dass ein Arbeitnehmer *für den Job brennt,* und denen es nicht gefällt, wenn klar ist, dass es allein die Bezahlung ist, die den Arbeitnehmer motiviert. Für Thomas war seine Unlust zu arbeiten insofern ein Problem gewesen, als er Geld brauchte. Die Erbschaft hatte ihn erleichtert. Außer Geld hätte ihm ohne Arbeit nichts gefehlt, denn die Anerkennung durch andere über seine gesellschaftliche Stellung hatte er nie gesucht. Es fehlte ihm an Ehrgeiz. Außerdem hatte er sich nie vorstellen können, überhaupt etwas mit Freude über einen längeren Zeitraum zu tun. Jede erzwungene Routine widerte ihn an, obwohl er in seiner Freizeit nichts gegen Regelmäßigkeiten hatte.

Das Jobben als Hilfslehrer war an sich nicht sehr anspruchsvoll gewesen, denn Thomas hatte die Tätigkeit dadurch, dass er zum einen ein bisschen Ahnung von dem hatte, was er tat, und zum anderen nicht beabsichtigte, Karriere zum machen, sich nicht besonders bemühen müssen. Als am anstrengendsten hatte Thomas es jedoch täglich von Neuem wahrgenommen, niemand an seiner dauerhaft schlechten Laune teilhaben zu lassen. Dass er auf seinen Job überhaupt keine Lust hatte, durfte er nicht zeigen. Dabei entnervte ihn kaum etwas so sehr wie seine Arbeit – insbesondere, dass damit verbunden war, Leuten etwas vorzuspielen, sie zu unterhalten mit etwas, das ihm selbst sehr langweilig schien und wofür er sich nicht zu begeistern vermochte. Jeder, der etwas konnte, tat etwas. Tun im Sinne von machen, aktiv etwas schaffen. Wer nichts konnte, musste lehren – das war eine allgemein bekannte Weisheit, und wenn es nicht bereits George Bernard Shaw in Worte gefasst hätte, wäre Thomas selbst darauf gekommen. Dessen war er sich gewiss.

50

Wenn er es genau überlegte, hatte er sich noch nie besonders stark für irgendetwas interessieren oder begeistern können. Vielleicht war das der Grund dafür, dass alles ihn jetzt aufregte und mitnahm.

Durch sein Leben hatte er sich treiben lassen. Alles war ohne Plan verlaufen, ganz wie es so gekommen war. Situationen hatten sich ergeben, und Thomas hatte sich darin eingefunden, sich manchmal damit abgefunden, „das Beste" aus dem Gegebenen gemacht – wie so gesagt wurde. Aber nichts hatte er von sich aus initiiert, aktiv herbeigeführt oder vehement verhindert. Tatsächlich war seine Inaktivität sogar so weit gegangen, nicht einmal etwas zu verhindern, das ihm unerfreulich erschien. Wenn er in einem Monat zu viel Geld ausgegeben hatte, war am Ende des Monats eben kein Geld mehr da gewesen. Mit dem geerbten Geld war Thomas noch sorgloser umgegangen als mit dem Geld, für das er gearbeitet hatte. Weil es ihm zugefallen war, hatte er leichtfertig davon gegeben und ausgegeben. Was sollte das schon? Dann war es eben weg. Eine Lehre hatte Thomas daraus nie gezogen. „Lass es dir eine Lehre sein!" oder „Aus Schaden wird man klug!" – das waren überhebliche, vermeintlich belehrende Kommentare der Eltern gewesen, wenn Thomas sich durch eigenes Verschulden Schaden zugefügt hatte. Aber niemals hatte Thomas aus dem Erlebten Konsequenzen gezogen. Wozu auch?

Warten, sich langweilen

Viel zu lange, viel zu viel Zeit hatte Thomas damit verbracht, darauf zu warten, dass endlich etwas vorbei wäre: Die Schule zum Beispiel, so dass die Sommerferien begönnen, damit das Geschäft als Hilfslehrer für ihn wieder besser liefe – weil besonders viele Schüler, die eine Nachprüfung zu erwarten hatten, sich beim Institut für Nachhilfe anmelden würden. Die Erkältung, damit er sich endlich wieder besser fühlte. War die Erkältung weg gewesen, hatte längst ein anderes Leiden ihn ereilt. Auf dessen Ende wiederum hatte gewartet werden müssen. Lange hatte Thomas darauf gewartet, dass die Bauarbeiten gegenüber seiner Wohnung abgeschlossen würden, damit der Lärm endlich ein Ende fände. Nur: Wann hatte er je dafür gesorgt, dass etwas passierte? Er hatte nicht einmal darauf gewartet, dass etwas passierte. Gewartet hatte er nur darauf, dass etwas bereits Eingetretenes, Andauerndes vorbei wäre. Um der Wirklichkeit des Alltags zu entfliehen war Thomas, soweit er es sich finanziell leisten konnte, früher oft verreist. Er hatte geglaubt, dass er von den vorübergehenden neuen Eindrücken eine Zeit lang würde zehren können. Kurzzeitigen Erfolg hatte er damit manchmal gehabt. Aber selbst während er noch im Urlaub gewesen war, hatte er darüber nachgedacht, geradezu darauf gewartet, dass dieser bald wieder vorbei wäre. Denn er hatte ja gewusst, dass es danach wieder nach Hause, unausweichlich zurück zu seinen kleinen Verpflichtungen ginge. So hatte er sein Leben mit Warten abgesessen, mit einem sehr diffusen Warten, an dessen vorläufigem Ende niemals eine Befriedigung eintrat. Undeutlich und nicht klar vom nächsten Warten getrennt, war der eine Warteblock kaum beendet gewesen, als der nächste schon begann.

Mit viel zu vielen unbedeutenden Langweiligkeiten hatte er sich befasst. Ereignisreiche Höhepunkte dabei waren für ihn gewesen, wenn sich gelegentlich eine Nachhilfeschülerin in ihn verliebt hatte. Das war mit den Jahren und seinem zunehmenden Alter immer seltener geworden. Thomas fühlte sich, als sei er einfach so in die Welt gefallen und auf dem Rücken liegen geblieben. Wie ein unfähiges Insekt. Dabei hatten viele mit erheblich geringeren Fähigkeiten als Thomas es geschafft, ein ihrer Einschätzung nach erfülltes Leben zu führen und teilweise dabei sogar einer öden geregelten Tätigkeit regelmäßig nachzugehen und manche hatten nebenher noch Nachkommen großgezogen.

Heute war Thomas ein gramvoll gebeugter faltiger Alter. Den genauen Zeitpunkt, zu dem er zu leben vergessen hatte, konnte er im Nachhinein nicht mehr bestimmen. Für Stefan war es der Tod seiner Frau Katja gewesen. Thomas hingegen hatte nicht einmal ein einschneidendes Erlebnis vorzuweisen. Es musste ein schleichender Prozess, von ihm nicht wirklich wahrgenommen, gewesen sein.

Auf dem reichen Markt der Möglichkeiten hatte Thomas sich nicht zu bedienen gewusst. Er gehörte zu den Feigen, die in ihrem Leben nichts gewagt hatten. In dieser Hinsicht war er nicht anders als sein Beamtenbruder Stefan, über den er sich stets erhaben gefühlt hatte. Da Thomas nie ein hohes Risiko eingegangen war, hatte für ihn auch die Gefahr des gefährlichen Verlierens, des Untergangs, zu keiner Zeit bestanden. Gleichzeitig hatte er aber so nicht viel gewinnen können. Ein besonders unangenehmer Wesenszug an ihm war, dass er anderen ihren Erfolg nicht gönnte. Hörte er von erfolgreichen alten Bekannten, die zum Beispiel ein bisschen Geld gut angelegt und durch glückliche Zufälle hatten vervielfachen können, fiel ihm bloß neidisch dazu ein: „Wenn ich das gewusst hätte ..." Den Rest konnte man sich denken: Wenn er das gewusst hätte, hätte er es genauso getan. Dabei ignorierte er die Tatsache, dass der risikofreudige Spekulant, sein Bekannter, es nicht hatte wissen können, dass sein Geld sich vermehren würde. Dass es in seinem Sinn „gut ausgehen" würde. Genauso gut hätte er alles verlieren können. Theoretisch hätte es Thomas ebenso freigestanden, jeden Tag etwas zu wagen oder etwas Bemerkenswertes, bahnbrechend Neues zu tun. Jeden Tag, den er aufgestanden war, sogar von Neuem, falls er die Gelegenheit am Vortag verpasst hätte. Das Angebot hatte sich jeden Tag wiederholt. Thomas hatte es niemals wahrgenommen.

Mit Ideen, die andere hatten und umsetzten, verhielt es sich nicht anders: Thomas war bei jedem Erfolg neidisch. Kaum einer konnte im Voraus ahnen, ob sich eine Idee, möglicherweise eine Geschäftsidee, gut verwirklichen ließ, und ob am Ende vielleicht sogar Profit dabei herauskäme. Viele hatten Ideen, Gedanken, was „man" alles machen könnte. Das Entscheidende war aber, einen Gedanken zuerst zu Ende zu denken und anschließend selbst in eine Handlung umzusetzen. „Da müsste mal einer ..., man könnte doch ..." Am Machen scheiterten die meisten, weil allein das Machen mit einem möglichen Scheitern unausweichlich verknüpft war. Und so war es am einfachsten, beim positiven Ausgang einer Sache nachträglich zu sagen: „Wenn ich das gewusst hätte, hätte ich es auch so gemacht." Die Aussage war äußerst banal, denn wer zum Beispiel würde nicht Lotto spielen, wenn er im Voraus wüsste, dass sein Schein den Hauptgewinn einbringt? Wohl kaum jemand, das musste selbst Thomas sich eingestehen. Aber was ihn von den Wagnisfreudigen unterschied, wollte Thomas sein Leben lang nicht erkennen – und so blieb es bloß bei Neid und Missgunst, die er für diese aufbringen konnte. Im für Thomas günstigen Fall fühlte er Schadenfreude und Häme: genau dann, wenn ein Risikofreudiger durch ein Wagnis viel verloren hatte. Weder Schadenfreude noch Häme machten Thomas wirklich froh, aber sie bestätigten ihm wenigstens, dass er alles richtig gemacht hatte. Dass es richtig gewesen war, nichts zu machen.

Gelegentlich hatte Thomas sich gedanklich zu Großem aufgelegt gefühlt und sich vorgestellt, was er alles erreichen könnte: ein Haus bauen, einen Baum pflanzen, einen Sohn zeugen – natürlich hätte es ein Sohn sein müssen. Denn dieser Sohn hätte eines Tages, stellvertretend für seinen Vater, all das leisten können, was Thomas sich in seiner Phantasie manchmal vorgenommen hatte. Allein: Bei Thomas war es bei der Vorstellung geblieben, was er alles tun könnte. Die Vorstellung jedoch war überwältigend gewesen. Regelmäßig überwältigend, und Thomas war von dem, was er sich eigentlich zu leisten zugetraut hätte, stark beeindruckt gewesen. Der Sohn aber hätte es vollenden müssen, denn voll Vertrauen hätte Thomas seine Hoffnungen und Erwartungen zuversichtlich auf die nächste Generation übertragen. Sein Sohn hätte die gleichen Vorstellungen wie Thomas haben sollen, aber er hätte kein Zögerer und Zauderer sein dürfen. Eben nicht wie Thomas. Dumm nur, dass es den Sohn nie gegeben hatte und jetzt auch auf gar keinen Fall mehr geben würde. Die Zeit war vorbei, und eine Partnerin, die bereit gewesen wäre, diesen Wundermenschen zusammen mit Thomas in die Welt zu setzen und zur Reife zu bringen, hatte es ohnehin nie gegeben. Und so blieb es dabei, dass es wohl nur sein Xing-Profil wäre, das ihn überdauern würde, weil Thomas nichts Außerordentliches geleistet hatte in seinem Leben, das ihn sonst unvergesslich gemacht hätte. Zu mehr, als sich ein paar belanglose Beobachtungen des Alltags zu notieren, hatte es bei ihm nicht ausgereicht. Wer hätte die lesen wollen? Thomas hatte es im Leben an Anerkennung gefehlt. Seine gar nicht einmal so seltenen Ideen waren stets an ihrer fehlenden Umsetzung gescheitert. Groß gedacht hatte er, um sich anschließend wieder klein zu machen. Nichts zu machen. Er hatte weder Mut noch Ehrgeiz finden können. Nicht einmal dazu, sich fortzupflanzen. Und wenn er es genau überlegte: Wozu zum Fortbestand seiner eigenen Art beitragen? Sie war einfach nicht liebenswert genug, diese Art. Als er eines Abends ausführlich nachdachte, kam Thomas in den Sinn, dass er in seinem Leben niemanden umgebracht und auch keinen Krieg angezettelt hatte. Damit hatte er bereits mehr zum Wohl dieser Menschheit beigetragen als viele andere.

Hätte der Vater noch gelebt, so hätte Stefan als Beamter mit sicherem Arbeitsplatz und sicherem Einkommen wenigstens dessen Achtung und Akzeptanz genossen. Außerdem hatte Stefan bei der Bundeswehr gedient, und er erinnerte sich noch viele Jahre später gern an „diese tolle Zeit". Oft hatte Thomas seinen Bruder dafür verspottet, dass diesem im Rückblick die aufregendste Zeit des Lebens die bei der Bundeswehr gewesen war. Da hatte Thomas nicht mitgemacht und war einmal richtig stolz auf sich gewesen. Sich mit der so genannten Gewissensprüfung erfolgreich dem Militärdienst zu entziehen war alles andere als einfach gewesen, und der Vater hatte sich sehr für Thomas, den „Drückeberger", geschämt. Von den beiden Brüdern war Stefan immer „der Ordentliche" gewesen. Auch das mochte ein Grund dafür gewesen sein, weshalb Stefan nach dem Tod des Vaters dessen Auto und Thomas die Sammlung gespielter Lotto-Scheine zugedacht worden war. Dennoch hatte Thomas sich über dieses sinnlose Erbe gefreut, weil er fand, dass die Sammlung gespielter Lotto-Scheine etwas Persönliches, Bedeutendes war, das der Vater hinterlassen hatte. Weitaus bedeutender als ein acht Jahre lang gefahrener Mittelklassewagen. Thomas war sich dessen sicher, dass dem Vater posthum bloß Spott und Undank zuteil geworden wäre, wenn er die gespielten Lotto-Scheine Stefan überlassen hätte. Der „ordentliche" Bruder hätte ein solches Erbe nicht zu schätzen gewusst.

Neben einer Vorliebe für stark übergewichtige Frauen hatte der Vater deshalb wohl Thomas seine alten Lotto-Scheine ausdrücklich vermacht. Das war nicht viel, aber es war besser, als zum Beispiel Schulden von den Eltern zu erben oder die Veranlagung zu einer schweren Krankheit. Niemand konnte sich das aussuchen. Die Diebe, die einmal in Thomas' Wohnung eingebrochen waren, hatten die gespielten Lotto-Scheine nicht angerührt und wohl für Müll gehalten. Das waren sie vielleicht auch. Thomas wollte nicht darüber klagen, dass er von seinem Vater eine Sammlung von Lotto-Scheinen „6 aus 49", 15 Jahre sorgfältig archiviert, geerbt hatte. Die jeweiligen Scheine aus einer Woche vom Mittwochs- und vom Samstagslotto. Diese waren in chronologischer Reihenfolge abgeheftete Lotto-Scheine – ohne jemals eine größere Anzahl „richtiger" Zahlen zum entscheidenden

Zeitpunkt. Auf einen ersten Blick unzählige Scheine, als ob jemand sie für das Finanzamt gesammelt hätte, um sie dort einzureichen und steuerlich als Quittungen geltend zu machen. Der Vater von Thomas hatte niemals einen nennenswerten Betrag im Lotto gewonnen. Aber vielleicht würde sein Sohn mit den Scheinen Glück haben? Das konnte man nie wissen. Warum sollte der Sohn nicht im Lotto gewinnen mit einem dieser Scheine? Thomas nahm sich willkürlich einen Lotto-Schein aus der mit dem Jahr „1968" beschrifteten Hülle und beschloss, mit dessen Zahlen sein Glück zu versuchen. Jedoch: Was würde sich ändern, wenn er jetzt den Hauptgewinn erhielt? Er wüsste nicht einmal mehr, was er mit dem Geld anfangen sollte. Dennoch hatte Thomas das Gefühl, es dem toten Vater schuldig zu sein, von Zeit zu Zeit einen der Tipps zu spielen. Vielleicht sollte es eine über den Tod des Vaters hinausgehende erzieherische Maßnahme sein, die Einsetzung der Lotto-Scheine eine aus Sicht des Vaters sinnvolle Tätigkeit für Thomas. Er war sogar ein wenig dankbar dafür, weil das seinem Leben noch ein wenig Struktur gab. Als hätte es einen Sinn, achtete Thomas regelmäßig darauf, die Ziehung der Lotto-Zahlen im Anschluss an die Tagesschau nicht zu verpassen. In Thomas' Leben hatte kaum jemals etwas eine Struktur gehabt. Dafür, dass der wenigstens „ordentlich" leben konnte, hatte Thomas seinen älteren Bruder insgeheim bewundert, wenn auch offiziell nur verspottet. Eine Zeit lang wenigstens schien Stefan seinen Platz im Leben gefunden zu haben. Der in festen Strukturen vorgegebene Beamtenposten, die langweilige, aber solide Ehe. Mittlerweile waren beide Brüder kaum mehr in der Lage, ihr Leben zu führen. Thomas wünschte sich, dass er seinen Tagesablauf noch einigermaßen strukturiert angehen könnte. Aber ihm fehlten sowohl die Motivation als auch ein Konzept. Irgendwann würde ihm das Geld nicht mehr ausreichen. Eine eigene Rente hatte er nicht, und das einmal von der Patentante geerbte Geld war nahezu verprasst, weil Thomas gegenüber Freundinnen – nur um ihnen zu imponieren – oft viel zu großzügig gewesen war. Zur Generation der Erben zwar gehörend, waren Thomas am Ende dennoch nicht mehr als ein paar wertlose alte Lotto-Scheine von der kleinen Erbmenge geblieben. Er versicherte sich, dass sich selbst mit viel Geld nicht alles kaufen ließ. Was hätte eine große Geldmenge für ihn geändert?

Ihm fiel die Geschichte von Lotto-Lothar ein: Lotto-Lothar und die von diesem fast 4 Millionen gewonnenen D-Mark. Mitte der 90er Jahre des vergangenen Jahrhunderts hatte ein Sozialhilfe-Empfänger mit dem Vornamen Lothar diesen großen Gewinn im Lotto abgeräumt und sich im Anschluss daran von Medienvertretern beim Verprassen des Geldes begleiten lassen. Unter anderem hatte er Pferde und einen Lamborghini erworben, die aus Sicht des neuen Millionärs Lothar als Statussymbole galten und seinen Reichtum belegten. Nur allzu gut konnte sich Thomas an die bunt bebilderten Reportagen dazu in den Boulevardblättern erinnern, denen der Gewinner neben der großen Öffentlichkeit, die ihm durch die Berichte zuteil wurde, auch den Namen Lotto-Lothar zu verdanken hatte. Rückblickend ließ sich feststellen, dass Lotto-Lothar nur fünf Jahre nach seinem Lotto-Gewinn verstorben war. Etwas Bleibendes, Wertschöpfendes hatte er mit seinem großen Geld nicht angefangen. Zufrieden schien er damit auch nicht geworden zu sein, denn aus den Beschreibungen seines Lebens ging hervor, dass Lotto-Lothar trotz des vielen Geldes nicht so richtig gewusst zu haben schien, was er mit sich und seiner Zeit machen sollte. Und selbst wenn Thomas sich für geschickter und gewandter hielt als den wenig gebildeten Lotto-Lothar, so wusste er doch nicht mit Sicherheit zu sagen, ob der Besitz einer großen Geldsumme für ihn wirklich etwas zum Besseren geändert hätte. Jetzt nicht mehr.

Das Gedächtnis verschwindet

Beunruhigender als seine sich andeutende baldige finanzielle Verarmung erschienen Thomas seine häufig auftauchenden Gedächtnisstörungen, sich plötzlich bemerkbar machende Gedächtnislücken, vielleicht handelte es sich sogar um Gedächtnisschwund. Für Thomas war das ein Unterschied wie bei Tag und Nacht: wie zwischen „owing" und „owning" im Englischen ein Buchstabe alles ausmachen und entscheiden konnte, auf welcher Seite man sich befand, dachte er wirr.

Thomas wurde unsicherer und langsamer im Kopf – Slow Mood statt Slow Food, das war es, was ihm dazu einfiel. Einen Augenblick lang war er zufrieden mit sich und seinem kreativen Namens-Einfall: Slow Mood brachte genau das auf den Punkt, worunter er zu leiden glaubte. Das verzögerte Reagieren auf alles war ihm lange schon zur bestürzenden Gewohnheit geworden. Er hatte begonnen darüber nachzudenken, ob er sich dagegen vielleicht Mittel kaufen sollte, die rezeptfrei in der Apotheke erhältlich waren und die in Aussicht stellten, geistige Leistungsstörungen zu beheben. Kaum dass ihm der Gedanke gekommen war, stellte Thomas die Wirksamkeit solcher Medikamente sogleich wieder in Frage. Kürzlich erst hatte er online zufällig ein Interview mit dem Leader einer bekannten Band gelesen, deren Musik Thomas in seiner Jugend sehr geschätzt hatte. Der Bandleader musste jetzt ungefähr in Thomas' Alter sein und erzählte dem vermutlich erheblich jüngeren Interviewer von seiner langen Karriere. Von dem jungen Reporter wurde der Bandleader als „noch geistig rege" beschrieben. „Noch geistig rege"! Das schien gar nicht mehr erwartet zu werden. War Thomas „noch geistig rege"?

Oder litt er bereits an Demenz, wenn er beinahe ausschließlich Erinnerungen aus der Kindheit herbeirufen konnte, aber nicht mehr wusste, ob er am Morgen einen Kaffee getrunken hatte oder nicht? War es möglich, das Gedächtnis zu resetten? Wo war der Reset-Knopf? Bei einem Marionettenspiel, erinnerte sich Thomas, hatte er in der Schule einmal die Rolle des Wachtmeister Dimpfelmoser für seine hölzerne Marionette gesprochen. Der Wachtmeister Dimpfelmoser, das ist derjenige, dem niemand zutraut, den flüchtigen Räuber Hotzenplotz zu fangen. Das musste Vorsehung gewesen sein, dass er – Thomas – gerade diese Figur vom Lehrer zugeteilt bekommen hatte. Schon der Lehrer damals hatte erkannt, dass Thomas nichts zuzutrauen war. Wie kam es nur, dass ihm das jetzt erst bewusst wurde? „Ich bin der Wachtmeister Dimpfelmoser", rief Thomas laut aus, um sich zu vergewissern, dass er das gerade gedacht hatte. Dass er wirklich gerade gedacht hatte, er sei der Wachtmeister Dimpfelmoser. Altersstarrsinn? Nein, es war Altersschwachsinn – alles bloß eine Sache der Definition, fand Thomas und erschrak.

Er hatte ein erstaunlich gutes Gedächtnis für alles Üble, das ihm andere angetan hatten, und alles Schlechte, das ihm je widerfahren war. Es war ein ausgeprägtes Langzeitgedächtnis, das sich jedoch an nichts Gutes zu erinnern vermochte. In einer Woche hatte er früher regelmäßig drei Bücher gelesen. Gar nicht einmal mit geringem Erfolg, wenn man sich darauf einlassen wollte, den Erfolg in der Menge von gelesenen Büchern zu beziffern.

Da überkam ihn plötzlich eine sentimentale Stimmung, und er begann ein Lied zu singen, das ihm im katholischen Kindergarten beigebracht worden war: „Mein Heiland Jesu Christ, der Tisch bereitet ist ... ich habe dich so gern, viel lieber als die Stern', als alles in der Welt, was mir so gut gefällt ... kehr bei mir ein, will bei dir sein ... will dich immer lieben". Wie sehr hatte er damals den Heiland geliebt, und wie wenig hatte er verstehen können, dass die Eltern zu Hause auf sein inbrünstiges Singen manchmal nicht nur gleichgültig, sondern sogar ablehnend reagiert hatten.

Seine solide Ausbildung im Singen und Beten hatte Thomas später im örtlichen Gymnasium fortgesetzt. Das zu sagen wollte er sich noch erlauben: „Gestatten Sie? Ich singe und bete seit Kurzem wieder gern." So sprach er jetzt mit sich selbst. Thomas war jedoch illusionslos. Zwar war ihm schon von Kindheit an beigebracht worden, auf das bessere Leben im Jenseits zu hoffen, aber als Erwachsener hatte er nicht mehr richtig daran geglaubt. Dennoch sang und betete er wieder. Er tat dies automatisch und ohne Sinn und Zweck. Jetzt half das Singen Thomas dabei, sich die Zeit zu vertreiben.

Er hatte gelernt, Arbeit vorzutäuschen, um in Ruhe gelassen zu werden. Das war ihm schon im katholischen Kindergarten beigebracht worden. Nichtstun hatten die betenden und singenden Tanten, von denen die Kinder betreut worden waren, nicht zugelassen. So hatte Thomas sich damit beholfen, fortlaufend, Tag für Tag, das Holzspiel mit der Kirche zu spielen – eine Art Puzzlespiel für Kleinkinder, das aus Klötzchen bestand. Im Unterschied zum Puzzlespiel aber stellte das Holzspiel den Prozess des Bauens einer Kirche dar. Die gemischten Klötzchen mussten in die richtige Abfolge gelegt werden. Ab der Grundsteinlegung stellte Thomas nach und nach eine Kirche zusammen. Jeden Tag, Tag für Tag, stupide, immer wieder. Am Ende kam das Dach. Wenn Thomas die Kirche erbaut hatte, hatte er das Spiel wieder sorgfältig auseinander genommen und die Klötzchen vermischt, um den folgenden Tag erneut damit zu verbringen. Seine größte Angst war gewesen, dass ein anderes Kind morgens vor ihm das Spiel an sich genommen hätte und er den ganzen Tag nichts zu tun gehabt oder sich etwas Anstrengendes, Neues hätte suchen müssen. Die Sorge war unbegründet gewesen, denn keines der anderen Kinder hatte das Spiel geschätzt, und weil allein Thomas es jeden Tag genutzt hatte, hatte es unter den anderen Kindern als „sein Spiel" gegolten.

Thomas' offensichtlicher Drang zum Kirchenbau hatte die Tanten gefreut. So viel Frömmigkeit in einem Kleinkind konnte nur lobenswert sein, hatte Fräulein Böse, die Leiterin der Einrichtung, seinen Eltern erläutert. Es war aber niemals echte Frömmigkeit gewesen. Als Grundschüler hatte Thomas, nach seinem späteren Berufswunsch befragt, zum Verdruss seiner betulichen Großtanten immer „Kriegsverbrecher" angegeben. Die Eltern hatten sich für ihn geschämt, weil das auf sie zurückfiel. Woher hatte der Junge das Wort? Die Großtanten hatten gemutmaßt, dass Thomas' Eltern im Beisein der Kinder schlecht über die eigene Verwandtschaft gesprochen hatten, in der sich im Krieg einige Mitglieder der Familie durch Taten ausgezeichnet hatten, die nachträglich mit diesem Begriff in Verbindung hätten gebracht werden können. Thomas musste heute noch darüber lachen, wenn er sich an seinen ersten Berufswunsch erinnerte.

Ebenso gern erinnerte er sich an ein Kindheitserlebnis mit dem Pfarrer, der ihn in der Grundschule in Religion unterrichtet hatte. Der hatte den Kindern gegenüber regelmäßig geäußert, sie müssten nur brav sein, dann gebe es gute Noten. Er sei schließlich kein Kinderschinder. Thomas hatte zu dem Zeitpunkt aber schon das Wort „schänden" in irgendeinem Erwachsenengespräch oder sogar im Radio einmal aufgeschnappt, ohne dessen Bedeutung zu kennen. So hatte er das Wort des Pfarrers falsch wiedergegeben, indem er der Mutter gegenüber erklärt hatte, der Pfarrer habe zwar behauptet, er sei kein Kinderschänder – nach Ansicht der Schulkinder, und da seien sich alle einig, sei er das aber durchaus. Dass die Mutter ihrem Sohn unter Androhung empfindlichster Strafe verboten hatte, das Wort ein weiteres Mal und erst recht nicht in Verbindung mit dem Pfarrer zu gebrauchen, hatte Thomas nicht begreifen können und erst viele Jahre später verstanden.

In der Schule hatte er kurz nach der Einschulung gelernt, „Hurra, ich bin ein Schulkind" zu singen – zur Melodie von „Ein Männlein steht im Walde". Dieses Lied kannten damals alle Grundschüler, so dass den

Kindern die Melodie nicht mehr beigebracht werden musste. Thomas konnte sich heute noch gut an die erste Strophe erinnern und sang sie vor sich hin: „Hurra, ich bin ein Schulkind und nicht mehr klein. Ich trag auf meinem Rücken ein Ränzelein. Schiefertafel, Lesebuch, Griffel hab ich auch genug. Ich will fleißig lernen, dann werd ich klug." Dann werd ich klug! Welch ein Potenzial war ihnen damals, ganz am Anfang ihrer Lernphasen, noch unterstellt worden. Jeder hätte „klug" werden können – vorausgesetzt, er hätte nur fleißig genug gelernt. Dass dies jedoch für ein gutes Leben ausgereicht hätte, bezweifelte Thomas.

Thomas lebte in den Tag hinein. Stumpf und dumpf. Er wusste nicht, worauf er noch warten sollte. Für ihn war da kein fester Platz im Leben. Warum sollte er auf einen Platzanweiser warten, der niemals kommen würde? Es war wie das Warten auf Godot, der niemals kam. Was musste geschehen, damit er – konfus und völlig antriebslos – sein nächstes nichtiges Werk verrichten könnte? Zu gar nichts konnte er sich motivieren, gelegentlich nicht einmal dazu, sich aus dem Kühlschrank eine Flasche Bier zu besorgen. Es war sein träges Geheimnis, dass er jetzt viel Bier trank, auch wenn er allein war. Bald würde das Bier wieder weggetrunken sein, dann würde Thomas auf seine Schnapsressourcen zurückgreifen müssen, wenn er nicht aus dem Haus gehen wollte, um neues Bier zu besorgen. Er wollte nicht schon wieder Bier kaufen gehen müssen und riskieren, dabei zufällig von einem seiner Nachbarn gesehen zu werden. Es sollte sich in der Nachbarschaft nicht herumsprechen, dass er viel und regelmäßig trank. So lange wie möglich sollte das sein kleines Geheimnis bleiben. „Im Einverständnis mit dem Geheimnis" fiel ihm der Titel eines Werks des Dichters Novalis ein, das irgendwo in seinem Bücherregal, für ihn mit Sicherheit unauffindbar, liegen musste. Es hatte eine Zeit gegeben, zu der die mehr als 1.000 Bücher, die Thomas besaß, nach einem für ihn nachvollziehbaren System geordnet gewesen waren, damit er jedes einzelne schnell würde finden können. Irgendwann hatte er das System vergessen. Er vermochte nicht zu sagen, ob er bloß das System vergessen hatte, weil er lange gar nicht mehr nach einem Buch gesucht hatte. Das wäre nicht weiter erstaunlich oder bestürzend gewesen, weil es eben passiert, dass man Dinge, die man lange nicht übt, irgendwann vergisst oder verlernt. Vermutlich aber war es nur eine der zahllosen Vergesslichkeiten, die ihn mittlerweile völlig übermannten und überforderten. Thomas hatte den Eindruck, dass er nach und nach alles vergaß. Begonnen hatte seine geistige Trägheit schon damit, dass er über Witze nur verzögert hatte lachen können, weil er die Pointe viel zu spät verstanden hatte. Oder, wie er feststellte, gar nicht verstanden hatte. So dass er warten musste, bis die anderen das Zeichen zum Lachen gaben. Spätestens da hätte er reagieren und sich wenigstens wundern müssen, fand er im Nachhinein. Oder etwas unternehmen. Ja, was hätte er dagegen unternehmen wollen? Hätte er bereits vorauseilend lachen sollen?

War all das nur geistige Trägheit oder Gedächtnisverlust? Thomas beschloss, einen zaghaften Versuch zu wagen und sich selbst die Frage zu beantworten, indem er begann, nach dem Novalis-Buch „Im Einverständnis mit dem Geheimnis" in seinem Bücherregal zu suchen. Er gab aber den halbherzigen Versuch sofort auf, als er mit einem scheuen Blick auf das Gesamte feststellte, dass ihm in seinem eigenen Bücherregal die Orientierung fehlte. Überall in seiner Wohnung hatte Thomas begonnen, sich Gedächtnisstützen in Form kleiner Zettel hinzulegen. Er wollte auf jeden Fall vermeiden damit aufzufallen, dass er versäumte, zum Beispiel eine Rechnung zu bezahlen, nur weil er diese völlig vergessen hatte. Selbst hinter allen geschlossenen Fenstern hatte er Zettel mit der Aufschrift „Fenster schließen" auf dem Fensterbrett platziert. Damit er bloß nicht vergesse, seine Fenster zu schließen und eventuell erneut in seiner Erdgeschosswohnung zum Opfer von Einbrechern zu werden. Ganz ohne Zweifel war Thomas mittlerweile viel langsamer im Kopf als zuvor. Er konnte sich schwer auf etwas konzentrieren, und wenn er zum Beispiel im Fernsehen die Nachrichten schaute und sich unmittelbar nachträglich an die Nachrichten zu erinnern versuchte, fiel ihm kaum mehr etwas ein. Zudem stellte er mit Erschrecken fest, dass er oft die Nachrichten zwar akustisch, aber inhaltlich nicht verstanden hatte. Sein Gehirn schien zunehmend weniger bereit zu sein, das Gehörte verstehend zu verarbeiten.

Alles, was geschah, entwickelte sich inzwischen für Thomas zum unüberwindbaren Hindernis oder sogar zur Katastrophe. So hatte er Wochen dazu gebraucht, dem Vermieter den tropfenden Wasserhahn in seinem Badezimmer zu melden. Am Ende hatte er sich dazu entschieden, eine E-Mail an den Vermieter zu schreiben, damit er nicht mit diesem würde sprechen müssen. Dabei war sein Vermieter ebenso hilfsbereit wie umgänglich und ließ in der Regel Schäden in der Wohnung recht schnell und ohne die Notwendigkeit der Reparatur in Frage zu stellen beheben. Aber Thomas wollte nicht sprechen, denn sobald er seine eigene Stimme hörte, hatte er das Gefühl zu lügen. Der Vermieter rief an, um Thomas darauf hinzuweisen, dass ein Handwerker am folgenden Tag kommen werde, um den von Thomas gemeldeten tropfenden Wasserhahn im Badezimmer auszutauschen. Thomas bedankte sich höflich, bestätigte den Termin und hatte sogleich das Gefühl, gelogen zu haben. Es war ein diffuses Gefühl, aber es durchdrang ihn vollkommen. Thomas sprach am Telefon und hörte seine eigene Stimme. Tonlos und hohl. Log er? Log solch eine Stimme? Ganz gleich, was er sagte: Es kam ihm immer so vor, als lüge er. Wer würde so einem Glauben schenken wollen oder so einen ernst nehmen? Obwohl Thomas selbst der Ansicht war, dass niemand einen vernünftigen Grund hätte, ihn ernst zu nehmen, ärgerte er sich täglich von Neuem darüber, wenn er merkte, dass es tatsächlich so war. Das brachte ihn in Wut, wenn niemand, mit dem er sprach, zum Beispiel mehr seine politische Meinung zu teilen schien. Es brachte ihn in Wut, weil es ihn verunsicherte, mittlerweile auf jede Zustimmung und Bestätigung vollkommen verzichten zu müssen. Außerdem war er es gewohnt gewesen, dass seine Meinung Gewicht hatte. Er hatte nie den Ehrgeiz gehabt, von allen gemocht zu werden, aber wenigstens war er ernst genommen worden, wenn er lehrerhaft doziert hatte. Hatte er nicht ein Leben gelebt, ohne jemals für etwas Getanes Dank und Anerkennung zu erfahren? Andere waren satt und faul gewesen, während er immer hatte kämpfen müssen. Thomas fühlte sich restlos und rundum gereizt. Schon als junger Mann hatte er ein unendliches Maß an Wut empfunden, das abzureagieren er jedoch Möglichkeiten gefunden hatte. Er hatte einfach viel Sport getrieben. Daran war jetzt nicht mehr zu denken.

Die gedanklichen Fehlleistungen häuften sich. Immerhin das bemerkte Thomas noch, und er wurde täglich depressiver dabei. Mehr und mehr kam hinzu, dass sich seine Gedanken verlangsamten, vom Geschehen abschweiften und er alles, was um ihn herum geschah, nur noch sehr verzögert auffasste.

Wenn Thomas die Zeitung las, konnte er die Meldungen kaum mehr richtig erfassen. Er vermochte auch zunehmend weniger sorgfältig zu lesen. Hieß es in einer Überschrift „Entlastung des Vorstands", geschah es, dass er „Entlastung des Verstands" las und sich stark darüber wunderte. Erst bei genauer Überprüfung kam er dahinter, dass es um den Vorstand eines Unternehmens ging. Und ärgerte sich darüber, dass er einfach nicht mehr frisch im Kopf war. Diese Erfahrungen häuften sich und machten ihn immer unzufriedener. Wenn er wenigstens noch „Entlassung des Vorstands" gelesen hätte, hätte er darüber lachen können. Das hätte er früher als Freud'sche Fehlleistung abgetan und wäre stolz auf sein schnelles Reagieren gewesen. Weiterdenken, darüber nachdenken, was wirklich mit diesen Vorständen geschehen sollte. Das wäre ein Witz gewesen, den er zur Freude vieler hätte weitererzählen können. Als geistreicher, schlagfertiger Thomas. Jetzt aber war er in der Tat jemand, dem der Verstand entlastet wurde. Dadurch, dass dieser weiter zu schwinden und in den Hintergrund gedrängt zu werden schien. All das geschah einfach, es widerfuhr ihm ohne sein aktives Zutun. Das Schlimmste an allem war, dass Thomas nicht wusste, wie er sich wehren, wie er es stoppen sollte. Wie er seinen Verstand fordern und trainieren könnte statt ihn weiter zu entlasten, bis dieser sich ganz von ihm verabschieden würde. Wenn die Absage an den Alkohol ihm geholfen hätte, hätte Thomas diese Erkenntnis auch nichts genützt. Denn alkoholabhängig war er sowieso, daran gab es nichts mehr zu ändern. Er wollte das nicht anders, denn von Zeit zu Zeit gab ihm wenigstens der Alkohol etwas Trost. Verzweifelt musste Thomas betrachten, wie sich sein Gedächtnis langsam, aber kontinuierlich und unaufhaltsam von ihm zu verabschieden schien.

Seine wichtigste Aufgabe, für die er noch zu gebrauchen schien, war es, Pakete anzunehmen, die mit verschiedensten Zulieferdiensten für die Nachbarn ankamen. Das waren jüngere Leute, die tagsüber arbeiten gingen und nicht zu Hause waren, um all das, was sie sich bestellt hatten, selbst entgegenzunehmen.

Als Mensch sah Thomas sich inzwischen auf eine Schlaf-, Fress- und Konsummaschine reduziert. Selbst diese wurde aber gebraucht, damit die Wirtschaft funktionierte – solange er noch Geld ausgab und Pakete entgegennahm.

Wie sollte es mit ihm weitergehen?

Wenn Thomas einen alten Bekannten traf – und er traf sehr selten alte Bekannte, weil er sich nahezu nie draußen bewegte – dann wusste er nicht, was er denen erzählen sollte. Thomas verließ nur noch seine Wohnung, um dringend Notwendiges zu erledigen, wie zum Beispiel Alkohol oder Toilettenpapier einzukaufen. Er war froh, wenn ihm niemand, den er kannte, begegnete. Geschah das doch und erlaubte sich ein ihm zufällig Begegnender danach zu fragen, wie es

Thomas gehe, so antwortete er stets – vermeintlich halb locker gelaunt, sich in sein Schicksal fügend und überhaupt nicht völlig zerstört und desillusioniert: „Am liebsten gut". Manchmal erzählte er den Leuten Geschichten aus seinem früheren Leben, aus einer Zeit, zu der gelegentlich noch etwas passiert war. Er erzählte Geschichten, die er ihnen schon viele Male bei anderen Gelegenheiten erzählt hatte. Was sollte auch einer tun, der gar nichts mehr erlebte, jedenfalls nichts Neues? Thomas selbst merkte nicht, dass seine Erzählungen immer nur dieselben waren. Wichtig war, dass niemandem auffiel, wie er verfiel. Das jedoch konnte kaum jemandem verborgen bleiben, aber diejenigen, die es bemerkten, nahmen keinen Anteil daran. Schon bald hatte keiner mehr Lust, sich überhaupt noch mit Thomas zu unterhalten. Gar keiner. Ihm sollte es recht sein, denn er schämte sich für das, was er inzwischen darstellte. Wenn die Leute jetzt Thomas erblickten, wechselten sie die Straßenseite oder gingen einen Umweg und gaben vor, ihn nicht bemerkt zu haben. Reden wollte niemand mehr mit ihm. Nicht einmal mehr ein kurzer Gruß wurde ihm gewährt. Gut so, fand Thomas. So blieb er allein. Es passte ihm gut, denn er legte keinen Wert auf die Leute und er wollte mit seinen Alkohol-Einkäufen ungern wahrgenommen werden. Zum Reden war er längst nicht mehr aufgelegt. Sein ausgeprägter Kontaktmangel fügte ihm weiteren Schaden zu, indem er ihn auch in die sprachliche Verarmung führte – zusätzlich zu allen anderen bereits in großer Menge vorhandenen Schwierigkeiten.

Brauchte er noch Gesellschaft oder nicht? Thomas dachte, dass, falls er irgendwann das Bedürfnis nach

Geselligkeit haben sollte, er – wie viele andere auch – eine Putzhilfe dafür bezahlen könnte, dass sie zu ihm ins Haus käme. In den Kostenlos-Blättern, die regelmäßig an alle Haushalte verteilt wurden, würde er jederzeit eine finden. Diese Person müsste nach dem Reinigen des Nötigsten in seiner Wohnung – wozu er jetzt schon keine Lust hatte und nicht mehr im Stande war – ein wenig länger bleiben, um ihm Gesellschaft zu leisten. Was sonst niemand mehr freiwillig täte. Die Putzhilfe würde er bezahlen für ihre Gesellschaft, für die Zeit, die sie sich nach dem Putzen bei ihm auf dem Sofa ausruhte und ein paar freundliche Worte mit ihm wechselte. Ohne sich selbst einzugestehen, dass er, der vermeintlich Gelehrte, den niemand mehr brauchte, der Putzhilfe dafür Geld gab, dass sie ein bisschen länger blieb, damit er nicht sofort wieder allein wäre. Er würde sich einreden, dass er sie für das Putzen bezahlte. Was waren schon fünf Minuten, die sie fürs Nichtstun und Herumsitzen ein bisschen Geld bekam? Dass es in Wahrheit zwei Stunden wären, würde er jedem gegenüber abstreiten. Für drei Stunden würde sie bezahlt. Eine Stunde davon wäre oberflächliches Reinigen, zwei Stunden würde sie ihm Gesellschaft leisten. Ihm, Thomas: einem verkommenen alten Geschöpf, für das sich sonst niemand mehr interessierte. Weil er in seinem Elend nicht freundlich und liebenswert war und es auch vorher nicht gewesen war. Wem würde er unter diesen Umständen noch Respekt abfordern können? Thomas sah sich schwach und hilflos und fürchtete sich vor seinem endgültigen Eintritt ins Greisenalter. Wollte er das?

Rudere Dein Boot selbst! Das war der Titel eines alten Pfadfinderlehrbuchs. Thomas meinte sich noch düster daran aus seiner düsteren Jugendzeit zu erinnern. Sein Boot selbst zu rudern, das wurde vom Pfadfinder erwartet. Aber gleichzeitig von den Eltern verboten, denn im Elternhaus wurde jeder Anflug von Selbständigkeit als Übermut gerügt und streng untersagt. Der frühe Tod der übrigen Geschwister hatte die Eltern seelisch krank und übervorsichtig gemacht, so dass alles verboten gewesen war. So waren sowohl Thomas als auch Stefan mit verschwindend geringem Selbstvertrauen erwachsen geworden. Ein nur einigermaßen zuverlässiges Rezept dazu, wie man ein Leben führt, hatte es von diesen Eltern nicht geben können. Wenn es so etwas überhaupt geben konnte.

Garantiert spaßfrei war dort alles gewesen – allein die eigene Wahrnehmung war eine ganz andere gewesen, wenn der Vater regelmäßig Lotto gespielt und bis zu seinem Tod vergebens vom großen Gewinn geträumt hatte. Ein erträumter Gewinn, mit dem er vielleicht gehofft hatte, allein und ohne Erinnerungen noch einmal ganz von vorn anfangen zu können? Von nichts hatten Thomas und Stefan nur im Ansatz eine Ahnung. So war es ihnen beigebracht worden. Außer ihrem eigenen Vater hatte sie nie jemand für überwältigend dumm gehalten. Sie hatten sich damit abgefunden. Wozu hätten sie auf große Wunder warten sollen? Allein Stefan hatte kurze Zeit mit seiner Frau Katja sein Glück gefunden. Als Katja starb, war vom Glück nichts mehr übrig. Schon während ihres Zusammenlebens war Stefan von Katja häufig gefragt worden, warum er jede Angelegenheit zu einem Problem stilisieren müsse. „Warum musst du immer eine Mücke zum Elefanten machen?“, hatte sie von ihm wissen wollen. Eine Rückforderung vom Finanzamt sei noch kein Weltuntergang. Nicht einmal ein gebrochener Arm sei irreparabel, und wer sich über eine verspätete Straßenbahn ausgiebig beklage, solle einmal ernsthaft darüber nachdenken, ob er überhaupt irgendeinen Grund zum Jammern habe. Wie sehr fehlte Stefan die Zurechtweisung seiner vernünftigen, realistischen Frau, die fest im Leben gestanden hatte, solange sie hatte leben dürfen.

Sich in den Vordergrund zu drängen waren Stefan und Thomas nicht gewohnt. Von der Sinnlosigkeit ihres eigenen Daseins waren sie beide sowieso restlos überzeugt. Was sollte noch wichtig für sie sein? Dass sie am Morgen nicht vergaßen, mit dem Kamm ein Muster in die Butter zu ziehen? Beide hatten schon oft darüber nachgedacht, ihr sinnloses Leben selbst zu opfern. Aber wer hätte das gewollt und diese Opfer überhaupt angenommen? Sie hätten beide nicht einmal gewusst, wofür.

Und am Ende?

Wie die Zeit ereignislos verstrichen war und weder Stefan noch Thomas bemerkt hatten, dass schon wieder ein Jahr vorbei war, in welchem sie sich nicht getroffen hatten. Vorbeigeschlichen. Aber vorbei. Wie damals nach dem Tod des Vaters, aber das war schon lange her. Stefan, der Ordentliche, der Umsichtige und Sorgfältige hatte die Todesanzeigen mit der Einladung zur Beerdigung verschickt.

Briefumschläge, die mit der Todesanzeige des Vaters gefüllt waren, hätten bei Verwandten und Freunden ankommen sollen. Allerdings waren die Briefumschläge offenbar nicht richtig verklebt gewesen, so dass die Empfänger nur einen leeren Umschlag mit schwarzer Umrandung erhalten hatten. Bei fast allen Eingeladenen waren leere Briefumschläge eingetroffen, deren Inhalt auf dem Weg verloren gegangen war. Thomas hatte darüber lachen müssen, dass seinem vorbildlichen Bruder solch ein Missgeschick unterlaufen war. Thomas hatte das Hässliche gemocht und sich oft am Schaden anderer erfreut.

Der Tod wartete nicht ewig, und so wurde beiden Brüdern das Greisenalter erspart. Stefan durfte länger als sein Bruder leben, denn er hatte doch ein wenig Lebenspotenzial. Tatsächlich fand er kurz vor Schluss eine freundliche Frau, mit der er ein paar angenehme Monate verbringen durfte. Er hatte sie beim Warten in der Schlange im Supermarkt kennen gelernt, und weil er ihr auch gefallen hatte, hatte Stefan ganz schnell das Warten auf den Tod aufgegeben. Während eines gemeinsamen Urlaubs auf Sylt verstarb er mit 69 Jahren überraschend beim Essen in einem Restaurant. Nicht der Fisch war die Ursache, sondern ein Herzinfarkt. Es gibt bedauerlichere und vor allem viel qualvollere Tode.

Thomas hingegen wurde nicht zufriedener. Wie sehr ärgerte ihn die Vorstellung, dass er schon seit zehn oder mehr Jahren auf den Tod seiner zahlreichen früheren Feinde wartete und jetzt befürchten musste, dass diese ihn, alt und krank wie er war, sicher überleben würden.
Seine Beine waren blau und bald nur noch Blutgerinnsel. „Bein" war für Thomas das Synonym für Blutgerinnsel. Er hatte das Gefühl, nicht mehr laufen zu können.
So war das. Schlicht und einfach oder schlicht und ergreifend, wie gern gesagt wurde. Welche der beiden von ihm als dümmlich erachteten Varianten er bevor-

zugte, wusste er selbst nicht zu sagen. Darüber dass er alt war, war Thomas mindestens genauso betrübt wie verärgert.

Am Ende war alles weg: der Verstand, die körperliche Kraft – alles, bis auf sein Leben. Wenn das wohl etwas wert war? Wem wohl? Bald würde Thomas auf den Misthaufen der Geschichte fallen und nicht mehr im Stande sein, sich zu erheben. Dessen war er sich fast gewiss und wurde von Tag zu Tag sicherer.

Mit dem lieben Gott hatte er noch nie einen gültigen Vertrag gehabt. Ihm stand deshalb alles frei. So behielt Thomas sich vor, sich umzubringen. Schließlich handelte es sich um sein eigenes Leben. Selbstmord war kein Völkermord; gegen Ersteres war aus Thomas' Sicht nichts einzuwenden, gegen Letzteres ja. Eingewendet hätte er stets und gern etwas gehabt, wenn er früher in der Schule hatte Völkerball spielen müssen. Völkerball als ein Spiel, bei welchem sich auf zwei Spielfeldern zwei „Völker" gegenüber standen, deren Aufgabe es war, einander zu vernichten. Erst wenn das eine „Volk" durch harmloses Abklatschen mit dem Ball vollständig „erschossen" war, war für das andere „Volk" das Spiel gewonnen. Zunächst musste ein „Volk" ausgerottet werden. Völkermord durch Völkerball. Thomas fragte sich, ob dieses Spiel heute noch in Schulen gespielt werden durfte – trotz aller vorherrschenden politischen Korrektheit.

Wann würde er ankommen, und wo? Richtig *fertig* war er nie gewesen, selbst wenn er das oft in seinem Leben geglaubt hatte. Fertig ist man, wenn wirklich Schluss ist. Der Abschluss ist der Tod. Um sich noch einmal wichtig zu machen und irgendwelche Anerkennung zu genießen, würde Thomas mindestens 100 Jahre alt werden müssen – nur um dann von Fremden, denn eigene Verwandtschaft gäbe es nicht mehr, danach gefragt zu werden, was denn das „Geheimnis für ein langes Leben" sei. Was für ein Leben! Thomas hatte einmal über den Schriftsteller und Revolutionär Ernst Toller und dessen Gewohnheit gelesen, selbst auf Reisen im Gepäck einen Strick mit sich zu führen. Der Schriftsteller sei ganz verzweifelt gewesen, wenn er den Koffer geöffnet und der Strick nicht ganz oben, sofort sichtbar, gelegen habe. Ein letzter Ausweg, immer griffbereit.

Mit Grauen dachte Thomas an seine eigene Großmutter zurück. Aus seiner Kindheit erinnerte er sich daran, wie die schwermütige Frau – depressiv hieß dieser Gemütszustand erst viele Jahre später – sich oft laut vor den Kindern und Enkelkindern gefragt hatte: „Was hat man denn vom Leben noch zu erwarten?" Gemeint hatte sie sich selbst, sie war ihr Leben lang nur „man" und niemals „ich" gewesen. Sie hatte es nicht wissen können, aber damals hatte sie noch 30 lange Jahre lang zu leben gehabt, ohne etwas davon zu erwarten. Sehr alt war sie geworden, und dabei immer nur enttäuscht gewesen. Thomas wollte keine dreißig Jahre mehr leben. Er wusste, dass er keinen realistischen Grund dazu hatte, etwas Besonderes, für ihn Erfreuliches zu erwarten. Schluss. Er hatte ausgelebt. Es musste Schluss sein. Ein gelangweilter Tod möge ihn in Empfang nehmen.

Thomas musste bei der Vorstellung eines figürlichen Todes kurz lachen, denn dass der einen wie Thomas nur gelangweilt, ohne erkennbares Vergnügen und mit äußerst schlechter Laune entgegennehmen würde, war klar. Lieber würden einer Todesfigur solche sein, die noch jung und frisch waren und viel zu früh abberufen wurden. Nicht einer wie Thomas, der alles so lange ausgehalten hatte, um sich letztlich selbst zu entscheiden. Mit diesem abschließenden Gedanken schnitt Thomas sich fachgerecht die Pulsadern auf und verblutete. Direkt beim ersten Versuch, denn er hatte zuvor im Internet recherchiert, um nichts falsch zu machen. Manche brauchen mehrere Anläufe und wollen außerdem vor dem Verbluten gefunden werden. Thomas aber machte alles richtig, endlich einmal in seinem Leben glückte ihm etwas sofort. Mit somnambuler Sicherheit wollte er ihnen allen auf Wiedersehen sagen, auch all jenen, die ihn in den letzten Jahren geflissentlich übersehen und nicht mehr gegrüßt hatten. Genau das gelang ihm. Er war 66 Jahre alt gewesen und hatte nicht mehr Zeuge seines langsamen und sicheren Verfalls werden wollen.

Jahre des Esels

Was hatte Marina mit ihrem bisherigen Leben angefangen? Wäre es nicht an der Zeit, jetzt – mit knapp
über vierzig Jahren – eine Art Zwischenbilanz zu ziehen? Eine von ihren derzeitigen Tätigkeiten, für die
sie bezahlt wurde, bestand darin, dass sie für ein bun-
tes Lifestyle-Magazin die passenden kleinen Geschichten schrieb zu Fotos von B- oder C-Prominen-
ten, welche ihr Paparazzi zuschickten. Kürzlich war
ihr das Bild eines Gesäßes übermittelt worden, auf
welchem ein Pflaster geklebt hatte. Verbürgt war
durch den Paparazzo, dass es sich bei dem Gesäß mit
dem Pflaster um genau den Hintern der so genannten
Werbe-Ikone Ilonka H. handele. Marina hatte nicht
wissen wollen, ob das stimmte oder wie der Paparazzo zu diesem Foto gekommen war. Ihre Aufgabe bestand lediglich darin, kleine Beschreibungen zu solchen Bildern zu verfassen, die möglichst viele Leser
des Lifestyle-Magazins interessieren und belustigen
würden. So hatte sie ein paar launige Zeilen dazu geschrieben, einem stets gleichen, vorgegebenen Sche-
ma entsprechend, in „humorigem" Stil: Spekulationen
darüber, warum an dem Gesäß ein Pflaster klebte,
vermeintliche Sorge und Betroffenheit, ob dieser B-
Promi hoffentlich nicht an einer Pflaster-Allergie lei-
de – und am Ende, zusammengefasst, ein positiver
Ausblick zur raschen Genesung des Prominenten-Po-
pos. Im Bekanntenkreis hatte Marina mit der Geschichte aus ihrem Berufsleben einen großen Lachef-
fekt erzeugt. „Für so was möchte ich auch mal bezahlt
werden!", hatte Tobias, der Ingenieur, laut gerufen.
Während er am eigenen Lachen fast erstickt wäre.
Die Gesäß-Pflaster-Story und ihresgleichen waren
Anekdoten, mit denen Marina für Außenstehende an

einem Abend kurz in den Mittelpunkt rücken und für Unterhaltung sorgen konnte. Distanziert, als hätte sie selbst nichts damit zu tun, hatte sie den Witz vorgetragen. Alle hatten brüllend gelacht und das Ganze den gesamten Abend über in immer neuen Varianten aufgegriffen, um wieder und wieder darüber in Gelächter auszubrechen. Als Marina von der Party nach Hause gekommen war, war sie völlig erschöpft gewesen und hatte erst einmal kotzen müssen. Über Ärsche mit Pflastern zu schreiben: Das war ihr Leben. Damit verdiente sie ihr Geld. Jeder musste irgendwas für sein Geld tun, umsonst gab es nichts. Marina hatte trotz der Einsicht nicht den Eindruck, damit zufrieden sein oder sich gut fühlen zu können. Lieber wäre sie Ingenieurin gewesen. Bei keiner Party hätte sich irgendwer nach Geschichten von ihrer Arbeit gesehnt, und möglicherweise hätte sie niemanden zum Lachen bringen können. Aber sie hatte die Ahnung, dass sie sich dennoch besser gefühlt hätte.

Nie stille steht die Zeit,

der Augenblick entschwebt.

Und den du nicht genutzt,

den hast du nicht gelebt.

Diese Weisheit von Friedrich Rückert war Marina in ihrer Jugend ins Poesiealbum geschrieben worden. Als Kind hatte sie den eingängigen Rat nach kurzer Zeit auswendig gekannt. Nicht durch bewusstes Lernen, sondern dadurch, dass sie das, was ihr in diesem Album von den einzelnen Verwandten, Lehrern und

Freundinnen an Weisheiten mit auf den Lebensweg gegeben worden war, wieder und wieder gelesen hatte. Weit höher als den Inhalt der Sprüche hatte sie zu jener Zeit die Attraktivität der eingeklebten Glanzbilder bewertet, aber dennoch hätte sie die Texte auf allen Seiten in der vorhandenen Reihenfolge richtig aufsagen können. Dank des Langzeitgedächtnisses fehlte ihr bis heute keine Zeile. Der Unterschied zu damals war bloß der, dass sie inzwischen über die in der Erinnerung verbliebenen Texte nachdachte. Im Alter von dreißig Jahren war Marina immer wieder gerade dieser Reim mit dem warnenden Hinweis auf die voranschreitende Zeit und die damit verbundenen möglicherweise „nicht genutzten", „nicht gelebten Augenblicke" in den Sinn gekommen. Zum ersten Mal hatte sich in ihr der Gedanke festgesetzt, dass ihr nicht mehr alle Türen offen standen und dass es für sie nicht mehr jede nur denkbare Möglichkeit mit zahllosen Alternativen gab.

Marina hatte mit Mitte zwanzig schon an sich selbst die ersten unmissverständlichen Anzeichen dazu wahrgenommen, dass ein physischer Alterungsprozess langsam begann. An ihren Beinen hatte sie plötzlich Besenreiser bemerkt und war sofort durch den eindeutigen Hinweis auf eine beginnende Bindegewebsschwäche alarmiert gewesen. Mit gerade populär gewordener Lasertechnik hatte Marina sich die geplatzten Adern entfernen lassen. Bis neue, wenn auch an anderer Stelle, nachwuchsen, und sie einsehen musste, dass der Aufwand sich langfristig nicht lohnte. Der überreichliche abendliche Alkoholkonsum, den Marina mit Anfang zwanzig noch gut weggesteckt und kaum in seinen Auswirkungen wahrgenommen hatte, ließ sie mittlerweile am darauf folgenden Morgen jeden zu viel genossenen Drink bedauern: Er war im Gesicht deutlich erkennbar, nahezu ablesbar. Mit verklebten und verschwollenen Augen und anhaltender Übelkeit, die sich in einem Dauerwürgegefühl äußerte, ging Marina zur Arbeit. Lange schon war sie dazu gezwungen früh aufzustehen, einer geregelten Tätigkeit nachzugehen und dabei einigermaßen *ordentlich* auszusehen. Marina arbeitete als Assistentin in einer Marketing-Agentur; da war es nicht anerkannt, morgens mit einer Alkoholfahne zu erscheinen. Frisch und energiegeladen sollte sie wirken. Ein paar Jahre früher hatte sie sich um so etwas keine Gedanken gemacht. Von Studenten wurde nicht erwartet, dass sie jeden Tag ein gepflegtes Erscheinungsbild boten, in jenem Alter wurde es eher nachgesehen, wenn jemand kein routinehaftes Leben führte. Aber schon mit Mitte zwanzig hatte Marina festgestellt, dass eine durchgefeierte Nacht ihr zwei Tage Übermüdung und Unwohlsein einbrachte. Und das sollte erst der Anfang des Alterns sein?

Als sie dreiunddreißig gewesen war, hatte Marina mit Entsetzen das erste graue Haar auf ihrem Kopf entdeckt. Sie hatte es sofort ausgerissen und panisch das gesamte Haupt nach weiteren durchsucht. Alle paar Wochen hatte sich erneut ein graues Haar gefunden, über das sie laut lamentiert und das sie ihren Freundinnen als traurigen Beweis des eigenen Verfalls gezeigt hatte, um es daraufhin augenblicklich auszureißen. Um noch tagelang davon und von nichts anderem erzählen zu können.

Mit Ende dreißig, also beinahe vierzig, waren es der grauen Haare so viele geworden, dass das Entfernen jedes einzelnen ohne Übertreibung einen fast kahlen Kopf zur Folge gehabt hätte. Herausgeschält hätte sich ein Kopf, dessen Haut bei ungünstiger Beleuchtung durch die Sonne geglänzt hätte. Marina versuchte sich damit ein wenig zu beruhigen, dass sie sich einredete, das eigene Haar sei doch noch überwiegend blond, da falle das sich breit machende Grau nicht so stark auf. Andere waren konsequenter und färbten ihr Haar genauso wie es war, bevor sich die ersten grauen Strähnen zeigten. Erschrocken fragte sich Marina, wie ihre Beine nur so schnell so hässlich hatten werden können. Die Beine waren ihrer eigenen Wahrnehmung nach inzwischen lila geworden, weil nahezu jeden Tag eine neue Ader zu platzen schien. Längst trug sie keinen kurzen Rock mehr, weil sie sich für dieselben Beine, die sie früher gern gezeigt hatte, heute schämte. Breitete sich diese Bindegewebsschwäche etwa auf dem gesamten Körper aus? Selbst im Gesicht fanden sich jetzt geplatzte Adern. Marina beobachtete andere und verglich. Dabei fand sie bei Altersgleichen, dass die meisten nicht minder verfielen als sie selbst. Trotzdem war ihr das gar kein Trost. Helles Licht brachte die hässlichen Details des Älterwerdens gnadenlos zu Tage – ganz so wie den lange angesammelten Dreck bei einem jahrelang nicht geputzten Fenster, der sich erst bei hellem Licht deutlich zeigt. Aufgeplatzte Adern im Gesicht, Falten am Hals, die Marina mit Sicherheit am Vortag noch nicht bemerkt hatte, graues Haar, das im Hellen silbern glänzte, Altersflecken gar? Hässliche Pigmente jedenfalls, die sie als neu an sich feststellte und die ebenso gut Hautkrebs sein könnten. Sie würde das untersuchen lassen müssen! Über der Oberlippe bildeten sich senkrechte Falten, die, so fand Marina, der Ansatz zu einem Rüschenmund waren. Jede kleine Last und Beschwerde, jedes Unwohlsein der vergangenen Jahre schien sich als Falte augenblicklich hart und klar im Gesicht abzuzeichnen. Jedes Mal, wenn Marina das wahrnahm, schien vor Bitterkeit noch eine Falte hinzuzukommen. Zwischen den Augen hatte sie eine scharfe Zornesfalte, die sie sich überlegte mit Hilfe von Botox entfernen zu lassen.

Mittlerweile befand Marina sich in dem Alter, in welchem dem Kompliment, sie sehe aber gut aus – wenn es nicht ohnehin von vornherein eingeschränkt hieß, sie sehe *noch* gut aus, unausweichlich die Ergänzung „für dein Alter jedenfalls" folgte. Gar unausweichlich folgen musste. „Für sein Alter noch gut aussehen", also möglicherweise für ein paar Jahre jünger durchgehen, als jemand tatsächlich war, das war das erreichbare Maximum überhaupt. So wurde Menschen im mittleren Alter ein Kompliment gemacht, das aus Marinas Sicht vergiftet klang. Ohne Einschränkung „gut" sahen Menschen dem allgemeinen Empfinden entsprechend nur dann aus, wenn sie jung und frisch waren. Alle anderen konnten sich allenfalls „gut gehalten haben". Das sah Marina nicht anders, auch wenn der Jugendwahn noch so oft kritisiert werden mochte.

Häufig musste Marina an das Märchen der Gebrüder Grimm, *Die Lebenszeit*, denken: Gott, der Herr, fragt, als er die Welt erschafft, die Kreaturen, wie lange sie zu leben gedenken. Jeder bietet er eine Lebenszeit von dreißig Jahren an. Fast allen aber sind dreißig

Jahre zu viel: Der Esel mag kein mühseliges Dasein zum alleinigen Nutzen anderer schwer schuftend ertragen. Der Herr kommt dem Esel entgegen und erlässt ihm achtzehn Jahre Leben. Auch dem Hund sind dreißig Jahre weit mehr als genug: Die Aussicht darauf, als altes Tier nur noch zahn-, stimm- und kraftlos aus einer Ecke in die andere zu laufen, veranlasst ihn, um Nachlass zu bitten, der ihm gewährt wird. Von den dreißig Lebensjahren nimmt Gott ihm zwölf. Selbst der Affe hat kein Interesse daran, dreißig Jahre lang zu leben und immer angestrengt zur Freude der Leute lustig zu sein. Gott ist auch hier einsichtig und streicht dem Affen zehn Jahre seiner Lebenszeit. Allein der Mensch meint, ihm reichten die dreißig Jahre nicht aus. Er ist der Ansicht, dass ein Tod im Alter von dreißig Jahren zu früh sei, weil die Möglichkeit, die Früchte seiner Arbeit zu ernten, dann gerade erst beginne. Gott erbarmt sich des menschlichen Jammers und schenkt dem Bettelnden die Lebensjahre, auf welche die Tiere verzichtet haben: die achtzehn Jahre des Esels, die zwölf Jahre des Hundes und die zehn Jahre des Affen. Und so lebt der Mensch siebzig Jahre. Die ersten dreißig davon sind schnell vorbei. Es geht es ihm gut, schließlich sind das seine menschlichen Jahre. Die achtzehn darauf folgenden Jahre des Esels jedoch muss er hart arbeiten und wird dafür nicht belohnt. In den sich daran anschließenden zwölf Hunde-Jahren liegt er zahnlos in der Ecke. Am unerträglichsten aber werden für den Menschen die letzten zehn Lebensjahre, welche die Gabe des Affen sind: Da muss der Mensch, längst krank und schwach auch im Kopf geworden, sich sogar von den Kindern verspotten lassen. Der arme, gierige Mensch: Er hätte sich mit dem, was ihm zugedacht war, zufrieden geben sollen. Das ist wohl die Moral des Märchens.

Marina stellte fest, dass sie sich in den Jahren des Esels befand, und die Hälfte dieser Zeit war bereits vorbei. Sie musste wieder an ihre Arbeit denken.

Wurde diese Arbeit in irgendeiner Weise wertgeschätzt? Marina war klar, dass jeder Außenstehende wirklich nur darüber würde lachen können, dass sie Beiträge über Prominentenärsche schrieb. Das war lächerlich und hatte nur deshalb einen Wert, weil sie dafür Geld bekam. Einen ernst zu nehmenden Wert hatte zum Beispiel ihr neues Auto als etwas, das sie sich – ohne einen Kredit aufzunehmen – hatte leisten können. Es beförderte Marina durch die Gegend, es brachte sie über die Autobahn schnell an andere Orte, und es machte Marina Spaß, die Geschwindigkeit selbst zu regeln und zu bestimmen. Wenn sie sonst in ihrem Leben schon weitgehend fremdbestimmt war. Außerdem sah das Auto gut aus und wertete damit seine Besitzerin auf.

Viel wert war es in ihrer eigenen Wahrnehmung. Das lag nicht zuletzt daran, dass sie so hart dafür gearbeitet, sich aufgerieben hatte, um es zu erwerben. Allein für das Geld verfasste sie die albernen Artikel. Arbeit, die für Geld geleistet wurde, wurde überschätzt. Sie musste keinen Spaß machen, Marina musste sich darüber nicht definieren. Jeder brauchte Geld. Dafür machte sich jeder zum Esel, der nicht schon mit Geld auf die Welt gekommen war. Was hatte die Wandlung vom Menschen zum Esel in den letzten Jahren noch mit sich gebracht? Wo waren die jungen Männer geblieben, die sich, wie früher so oft, beeindruckt nach ihr umschauten? Wem konnte sie

„den Kopf verdrehen"? Wenn sie mittlerweile ein junger Mann angestrengt und offensichtlich länger betrachtete, hielt Marina sofort die Handtasche fester als zuvor. Sie verstand sich nicht mehr als begehrt, sondern als beobachtet – als potenzielles Raubopfer. Das mochte übertriebenes Gehabe ihrerseits sein, aber es war eben so. Sie fühlte sich derart alt, dass sie sich nichts anderes mehr vorstellen konnte. Selbst wenn Marina aktiv keine neuen Bekanntschaften suchte, wünschte sie sich weiterhin, begehrt zu werden, weil ihre Eitelkeit es unverändert von ihr verlangte. Das war wohl das, was Midlife Crisis genannt wurde. Früher war alles ganz leicht gewesen, und niemals hätte Marina gedacht, dass sie irgendwann für die öffentliche Wahrnehmung unsichtbar würde. Dass sie – wie fast alle – in der Masse von Menschen im Straßenbild verschwimmen, verschwinden und schließlich untergehen würde. Statt schön und glänzend aus ihr hervorzutreten. Das war einmal. Ganz so lange konnte es doch nicht her sein.

Von Zeit zu Zeit kam Marina auf die Idee, etwas Auffälliges anzuziehen, so dass niemand vorgeben konnte, er nähme sie nicht zur Kenntnis. Damit legte sie dasselbe Verhalten an den Tag, über welches sie sich vor zehn Jahren gründlich bei einigen peinlichen Enddreißigerinnen amüsiert und mokiert hatte: Die kleideten sich zu jugendlich oder schminkten sich farbenfroh wie Papageien, legten ein paar überdimensionale bunte Ohrringe an – in der Annahme, durch diese Auffälligkeit über ihr wahres Alter hinwegtäuschen zu können und wie Zwanzigjährige zu wirken. Aus Marinas damaliger Sicht hatten die nichts als Lachnummern abgegeben, für die sie eine gewisse Geringschätzung empfunden hatte. Lachnummern, wenn sie großzügig sein wollte. Wenn sie gehässig gewesen war, hatte sie diese Damen als Furcht erregende Vogelscheuchen betrachtet.

Heute verfügte Marina über eine erheblich höhere Kaufkraft als früher. Sie war der leistungsfähige Esel aus dem Märchen der Gebrüder Grimm. Außerdem hatte sie den Drang, dauernd etwas, das sie besaß, rauszuwerfen, um es wieder zu erneuern, sich etwas Neues zu erwerben. Holen, ranschaffen, schnell konsumieren. Um bloß zu verdrängen, dass sie älter wurde und der Job öde war. Gleichzeitig war das ständige Entsorgen und neu Beschaffen auch eine Art Aufgabe, zumindest eine zeitaufwendige Beschäftigung, welche Marina sich selbst gegenüber gern als „notwendig" darstellte. Sie „brauchte" ein neues Outfit, weil sie sich unmöglich mit dem von der letzten Saison blicken lassen konnte. Wenn Menschen angaben, ihr „Hobby" sei „Shoppen", lachte Marina hämisch über die. Diese Leute hielt sie für hohl und dumm, während sie sich ihren eigenen Konsum als notwendig und sogar „stressig" einredete. So schnitten die „Dummen" am Ende wieder besser ab als Marina, weil sie wenigstens Spaß am Konsumieren hatten.

Die Vitalität der eigenen Jugend war weg, und Marina fühlte sich darüber unerträglich beleidigt. Sie hatte das Gefühl, als müsse sie es persönlich nehmen und als hätte sie diese Situation zu verantworten. Dadurch, dass sie längst den eigenen Anforderungen nicht mehr entsprach, sah Marina sich geradezu hilflos gekränkt. Ihre Erwartungen an sich selbst waren immer hoch gewesen. Marina hatte sie inzwischen reduziert, und trotzdem fühlte sie sich wie eine komplette Versagerin. Wo blieben die Gelassenheit und die größere Zufriedenheit, welche die meisten Menschen mit voranschreitendem Alter erfahren sollten? Wer hatte diese Behauptung in die Welt gesetzt? Welcher Lifestyle-Analytiker hatte Gerüchte dieser Art erfunden und verbreitet? Solche Behauptungen fanden großen Anklang und wurden gern angenommen, und der Grund dafür war vermutlich allein der, dass alle sich wünschten, es wäre so. Manchmal gab es kurze Zeiträume, in denen Marina sich beflügelt fühlte. Das waren seltene Gelegenheiten, zu welchen ihr – wie früher – alles zu glücken schien.

Vor einigen Jahren hatte Marina sich für unternehmungslustig und allem Neuen gegenüber aufgeschlossen gehalten. Jetzt fühlte sie sich nur noch verkrustet, festgeklemmt in einem Job, zu dem sie keine Alternative mehr sah, degenerierend, gerade über 40 und eine geistige Greisin schon, welche sich ohne Unterlass bemitleidete. Oft suchte Marina hastig nach flüchtigen Zerstreuungen, um sich von ihrem größer werdenden Selbstmitleid und den von ihr wahrgenommenen eigenen Unzulänglichkeiten ein wenig abzulenken. Zusätzlich zum ausgiebigen Einkaufen erfand sie sich künstliche Zeitvertreibe. So gelang es ihr gelegentlich, sich nicht aus Überdruss an sich selbst zu bedauern. Mal dachte sie, sie sollte Sport treiben, und kaufte sich eine Zehnerkarte zum Badminton-Spielen. War diese abgelaufen, kaufte sie keine neue, weil sie doch keinen richtigen Spaß daran gefunden hatte. Wozu Badminton-Spielen, wenn es nach zehn Mal spielen immer noch das Gleiche war und sich außerdem herausgestellt hatte, dass jeder Match-Partner besser als Marina spielte? Der Sport hatte sie nicht zufriedener mit sich selbst gemacht und ihr nicht einmal das Gefühl vermittelt, wieder in eine bessere körperliche Form zu gelangen. Mit dieser Erkenntnis meldete Marina sich kurze Zeit später für einen Volkshochschulkurs an, um eine exotische Sprache zu lernen. Japanisch oder Chinesisch? Marina entschied sich für Japanisch und überlegte, dass sie nach Semester-Ende für eine Woche nach Japan fliegen könnte. Sie würde sich belohnen für die Anstrengung des Sprachkurses und natürlich gleich ihre neuen Sprachkenntnisse aktiv anwenden. Als sie merkte, dass es aufwendig und schwierig war, eine neue Sprache zu erlernen und dass sie sich auch zu Hause konzentriert damit auseinander setzen und üben müsste, gab Marina auf. Bereits nach zwei Volkshochschul-Abenden war das Japanischlernen für Marina vorbei. Besonders demotiviert hatte sie, dass einige Teilnehmer mit nervender Tüchtigkeit alles sofort begriffen und gelernt zu haben schienen und Marina sich augenblicklich als die Schlechteste in der ganzen Gruppe hatte wahrnehmen müssen, vielleicht weil sie die Hausaufgaben nicht gemacht hatte. Vielleicht aber auch, weil sie keine Neigung zu Fremdsprachen hatte. Statt sich abends nach der Arbeit in einem öden Unterrichtsraum das Gehirn zu zermartern, zog Marina es wieder vor, vor dem laufenden Fernseher auf dem eigenen Sofa einzuschlafen. Nach Japan zu fliegen war ihr sowieso zu anstrengend, so dass sie stattdessen mit einer Freundin eine Woche Wellness-Urlaub auf Mallorca machte. Als sie zurück war, fühlte sie sich erholt, aber das angenehme Gefühl war direkt mit dem ersten Arbeitstag wieder verflogen. Der Alltag setzte ein, der Effekt der entspannenden Gesichtsmasken war gleich wieder vorbei und die bei Stress hastig verschlungenen Süßigkeiten erzeugten ihr im Gesicht neue Pickel. Warum nur, dachte Marina, konnte sie sich über die eigene Etabliertheit nicht wenigstens ein bisschen freuen? Als sie jung gewesen war, hatte sie sich von der ständigen Angst vor der Armut geradezu verfolgt gefühlt. Mittlerweile war der Mangel an Geld keine Sorge mehr für sie. Marina musste nicht dauernd über Geld nachdenken, weil sie ausreichend darüber verfügte. Dass die Geldnot für sie früher ein Dauer-Angstthema, ein Lebensqualität-Vernichter gewesen war, war ihr in ihrer Sattheit heute unvorstellbar. Marina hatte die Angst vor der Mittellosigkeit so schnell vergessen, dass die Tatsache, dass doch wenigstens in der Hinsicht sich alles gebessert hatte, ihr nicht den geringsten Trost bot.

Die ihrer Meinung nach schwindende physische Attraktivität war es nicht allein, was Marina quälte. Ihre Gesundheit wurde in ihrer eigenen Wahrnehmung schwächer und ihre Ausdauer ließ nach. Letzteres war nicht erstaunlich für jemanden, der tagsüber im Büro saß und abends auf der Couch lag. Marina fühlte sich viel öfter krank als früher. Jeder Schnupfen erzeugte ihr plötzlich mehrtägige Bettlägerigkeit, nichts war mehr wie zuvor. Der Kopf platzte, wenn die Migräne wieder und wieder ebenso unbarmherzig wie unberechenbar einsetzte, Schwindelgefühle traten regelmäßig auf. Dabei befand Marina sich nach wie vor in den Jahren des Esels. Was sollte erst geschehen, wenn die Grimm'schen Jahre des Hundes eintraten?

Marina war sicher, dass für sie die Aussicht darauf bestand, letztlich zu einer Karikatur ihres einstigen Selbsts, dessen, was sie einmal gewesen war, zu werden. Das war niemals anders, und so war wohl der Lauf der Zeit. An Schauspielern und sonstigen Fernsehberühmtheiten ließ es sich am besten sehen und öffentlich miterleben: Die meisten wurden für ihre früheren Filme bewundert. Da waren sie jung und begehrenswert – das ließ sich selbst Jahrzehnte später nachvollziehen, obwohl sich Schönheitsideale und Moden ständig änderten. Dass die alten Gestalten, die heute in Talkshows über ihr Lebenswerk sprachen, einmal diese schönen frischen Menschen aus den längst als Klassiker geltenden Filmen sein sollten, vermochte sich kaum jemand mehr vorzustellen. Trotz plastischer Chirurgie war es dabei geblieben, dass jeder eines Tages die Jahre des Affen durchleben musste und dabei vielleicht von Jüngeren wahrgenommen würde wie eine Figur aus der Puppenkiste. Jeder zumindest, der nicht jung gestorben war.

Aber sollte Marina sich mit dem eigenen Altern, dem unausweichlichen Verfall anfreunden? Wer kam überhaupt auf eine solche Idee, dass so etwas möglich sein könnte? Wer wollte denn schon jahrelang wie wurmstichig herumirren?
Vielleicht, so dachte sich Marina, wäre es gut, ohne Bedauern jung sterben zu wollen. Immer wieder kam sie darauf, wenn sie zu viel über das eigene Leben nachdachte. Die Idee gab sie aber meist schnell auf, denn die anderen machten schließlich auch unbeirrt weiter. Als ob es gar nicht so schlimm wäre. Nach diesen trüben Gedanken ging sie einkaufen und gab an einem Nachmittag für Kram, den sie nicht benötigte, ein halbes Monatsgehalt aus.

Stalker

Lars gilt als maulfaul, denkfaul und träge. Weil er an nichts Anteil nimmt, erscheint er den meisten seiner Mitmenschen geistig wenig beweglich, So denken auch die Kollegen über ihn, weil sie Lars nicht genügend gut kennen. Er hat sowieso keine Lust, sie näher kennen zu lernen. Er redet mit keinem von denen, weil die ihn nicht interessieren. Seine Ausbildung interessiert ihn auch nicht. „Saufaul" nennt ihn Gerd, der Geselle. Der soll sich um Lars kümmern – in der KFZ-Werkstatt, in der Lars seine Ausbildung zum Mechatroniker macht. Lars hat dazu keine Lust. Er hat überhaupt keine Lust zu arbeiten. Sein Abitur hat er nur gemacht, weil seine Eltern ihn mit Geld bestochen haben, doch bitte durchzuhalten bis zum Schluss. Weil es mehr Taschengeld war, als er in irgendeiner Lehre hätte verdienen können, hat er es bis zum Abitur in der Schule ausgesessen. Irgendwie. Mit seinem schlecht bestandenen Abitur hätte er auch studieren können. Das hätten seine Eltern gern gesehen, weil sie selbst Akademiker sind. Aber wozu das? In der Werkstatt hat der Meister sich darüber gefreut, dass Lars als Abiturient dort anfangen wollte. Die meisten der anderen Auszubildenden haben kein Abitur, der Meister selbst auch nicht. Und so hat er sich erst gefreut, weil er gedacht hat, Lars sei ein ehrgeiziger Abiturient mit handwerklichen Fähigkeiten, dem er vielleicht einmal eine der schwierigeren organisatorischen Aufgaben übertragen könnte, die sonst keiner übernehmen will. Aber die Freude war nur von kurzer Dauer. Denn Lars hat zu gar nichts Lust. Mit sechzehn Jahren hatte er eine Freundin, die fünf Jahre älter war als er. Seit Sabrina ihn verlassen hat, um einen älteren Mann zu heiraten, beschäftigt Lars sich nur noch damit, wie er sie verfolgen und ihr das Leben unerträglich machen kann. So faul wie alle denken, ist er gar nicht. Er hat einfach nur für nichts Zeit, weil er ständig damit beschäftigt ist Sabrina zu stalken. Dass sie allen Ernstes einen anderen geheiratet hat, um endgültig nicht mehr verfügbar zu sein, hat bei Lars das Fass zum Überlaufen gebracht.

Allein das Verfolgen der einstigen Freundin befriedigt ihn. Er kann an nichts anderes mehr denken. Er ist zu angestrengt damit zu hassen, um sich auf irgendetwas anderes konzentrieren zu können. Lars redet sich ein, dass Sabrina ihm seine Jugend geraubt und dadurch, dass sie ihn verlassen hat, ihm den Rest seines jungen Lebens zerstört hat. Tag und Nacht beschäftigt ihn allein der Gedanke, wie er Sabrina quälen kann. Er möchte sich rächen. Da tun sich Abgründe auf. Dass die weiterleben darf ohne ihn! Da wachsen mir Hörner, mir schwillt der Kamm, ich kriege so eine Krawatte, denkt sich Lars hasserfüllt und zeigt sich selbst gedanklich die überdimensionale Länge der Krawatte, die ihm aus Hass um seinen eigenen Hals wächst. Die Schlampe hat ihn verführt und ihn dann fallen lassen wie eine heiße Kartoffel, weil sie einen Versorger wollte und keinen Schüler. Anders kann Lars sich die Sache nicht erklären. Das soll sie büßen. Für Lars macht die Zeit, machen die Jahre, die für ihn sinnlos verstreichen, alles nur schlimmer. Es wird nie wieder gut werden für ihn, dessen ist er sich gewiss. Er kann die Kränkung nicht vergessen. Kaum einer wird sich vorstellen können, dass ein gar nicht hässlich aussehender junger Mann wie Lars nicht einmal eine neue junge Frau kennen lernt, in die er sich verliebt. Warum kann er Sabrina nicht einfach vergessen und ein Mädchen seines Alters kennen und schätzen lernen?

Oder, wenn es nun unbedingt ältere Frauen sein müssen: Warum nicht eine neue? Lars weiß es selbst nicht, und er könnte keine Antwort geben. Er weiß nur, dass er Sabrina mit der Wurzel ausreißen und endgültig vernichten will, wenn er sie nicht mehr haben kann. Das soll der Sinn seines Lebens sein, und dafür steht er jeden Morgen auf.

Durch ein von der Norm leicht abweichendes Verhalten hat sich Lars als Kind schon ausgezeichnet. Auffällig war er damit. Nur hat es damals seine Eltern nicht weiter beunruhigt, wenn er Leute bloß beobachtete, ohne mit ihnen zu reden. Im Gegenteil. Es hat sie sogar ein wenig stolz gemacht, dass er so aufmerksam und genau zu sein schien. Vor allem war ihnen angenehm, dass er nicht laut war und nicht durch Stören und Nerverei auffiel. Man konnte mit ihm überall hingehen, denn Lars war ein zurückhaltendes Kind und blamierte seine Eltern nicht durch schlechtes Benehmen. Niemand hätte geahnt, dass sich eine dunkle Wut in ihm nur deshalb nicht entlud, weil er sich zusammenriss und sie unterdrückte. Woher die Wut kam, hätte er damals schon nicht sagen können. Vielleicht einfach daher, weil ihm alles zuflog und er sich um nichts bemühen musste. Ein verwöhntes Einzelkind war Lars, dem jeder Wunsch von den Augen abgelesen wurde – und es wurden noch viele Wünsche, die er gar nicht hatte, hinzugedichtet und erfüllt. Lars wurde mit Gaben überschüttet, so dass alles selbstverständlich und damit nichts wert war. Bis Sabrina kam und eines Tages von selbst wieder ging, obwohl Lars sie behalten wollte. Das war zu viel, und er kann es bis heute nicht verkraften.

Wenn Lars eingeschlafen ist – und meist dauert es sehr lange, bis er überhaupt Schlaf finden kann – hat er Alpträume, regelmäßig, von großer Qual und wilder Heftigkeit. Nur dadurch, dass er sofort aufsteht, nachdem er schweißgebadet erwacht ist, kann er sich diesem Strudel entziehen. Er träumt von räudigen, gefährlichen Hunden, die ihn verfolgen, zu fassen bekommen und zerfleischen. Oft träumt er von der eigenen Enthauptung, zu der er vorgeladen ist. In seinem Traum klingelt der Wecker. Der Termin steht. Aufstehen bitte! Pünktliches Erscheinen wird erwartet, der Termin für die eigene Enthauptung ist für 8:30 Uhr festgelegt. Bitte nicht zu spät kommen, denn der Scharfrichter hat Termindruck. Der nächste Verurteilte ist schon für 9:00 Uhr vorgeladen. Nach solchen Träumen hat Lars keine Lust, von Neuem einzuschlafen und von Neuem zu träumen. Nachdem Lars mit starkem Herzrasen aufgestanden ist, setzt er sich gestresst an seinen Schreibtisch und entwirft Mitteilungen an Sabrina. Dabei stellt er sich vor, wie sie diese liest und sich ängstigt – und beginnt sich selbst wieder besser zu fühlen. Je gröber und vulgärer die Mitteilungen an Sabrina werden, desto mehr steigt Lars' Wohlgefühl. Sabrina wird sich nicht trauen, ihrem Mann von den Hasszetteln zu erzählen, weil sie sich dafür schämt. Sie schämt sich dafür, dass sie früher einmal die Freundin des minderjährigen Lars war und will ihn nicht als neue Belastung für ihre gegenwärtige Beziehung zulassen. Heute würde es ihr gründlich peinlich sein zuzugeben, dass sie mit einundzwanzig Jahren eine Beziehung zu einem Sechzehnjährigen hatte. Darauf, so denkt Lars, kann er sich verlassen. So schluckt Sabrina die Kränkungen, die Angriffe, das Verfolgtwerden. Sie verheimlicht den Stalker nicht nur ihrem Mann, sondern auch der Polizei. Lars ist sich dessen gewiss, dass sie ihn nicht anzeigen wird. Vermutlich ist das so, weil sie ihn weiterhin liebt. Sie liebt ihn sicher noch und ist sich selbst darüber nur nicht im Klaren.

Er schreibt auf einen Zettel: „Du bist mein Sehnsuchtssymbol. Ich werde dir wie ein Schatten folgen bis an das Ende der Welt. Mich wirst du nicht mehr los. So sehr werde ich an dir kleben. Kleben wie Pech. Wie Pech und Schwefel, so hatten wir zusammenhalten wollen. Für immer. Aber du hast mich verlassen. Du hast mich enttäuscht. Das musst du büßen. Mich wirst du nicht mehr los. Meine Verachtung für dich ist maßlos. Du machst mir ergiebig schlechte Laune. Seit Jahren schon. Ich habe dir einen Sack voll Hass mitgebracht. Den stelle ich dir vor die Tür. Ich werde dich in deiner Wohnung beobachten wie in einem Aquarium. Wie du langsam krepieren und dich auflösen wirst. Du dreckige Fotze!" Jetzt geht es ihm besser. Er könnte ihr mit dem Telefon eine Nachricht schicken, aber das ist zu einfach. Sie soll etwas physisch vorfinden, das Lars in der Hand gehabt hat. Er wird ihr Auto suchen und ihr diesen Zettel in einem Briefumschlag an der Windschutzscheibe befestigen. Wie einen Liebesbrief von einem Kavalier der alten Schule. Danach wird er sich zufrieden Mozarts musikalische Schlittenfahrt anhören. Das hat Stil, meint Lars. Welch ein entspannter Spaß – völlig straffrei, wenn du mich fragst, lacht sich Lars. Fragst du mich? Nein, natürlich nicht. Meine Meinung ist dir natürlich egal. Vermutlich bin ich aus deiner Sicht nicht das Gelbe vom Ei, wie man so sagt? Nun, Sabrina, ich war nicht das Gelbe vom Ei? Aber geistreich. Das bin ich. Ein Geist, der überzeugt. Geiststreich. Ein Geist spielt dir einen Streich. Dreimal darfst du raten, wie der Geist wohl heißt? Na, ist das nicht wahre Poesie? Der Poet in mir! Der autistische Dichter will auch mal auf seine Kosten kommen. An den Tag, an dem du ermordet wirst, wirst du dich nicht erinnern können. Geistesblitz von mir. Vom Mörder. So soll es sein.

Lars hat keine Freunde, und er ist froh, dass seine Eltern genügend mit sich selbst beschäftigt sind und ihn in Ruhe lassen. Weil Lars keine Geschwister hat, ist er meist allein im elterlichen Haus. Unterbrochen wird das nur durch den Zwang zur Arbeit. Wenn Lars sich nicht wieder krank meldet – und er meldet sich oft krank –, geht er hin und tut so viel, wie gerade nötig ist, um nicht in irgendeiner Richtung aufzufallen. Dadurch, dass er zu viel leistet, wird er folglich kaum auffallen; er achtet jedoch genau darauf, dass er nicht zu wenig leistet. Als unauffälliges Mittelmaß ist es am wahrscheinlichsten, dass er in Ruhe gelassen wird. Den ganzen Tag wartet er auf „den Tapetenwechsel" – damit meint er, dass er endlich nach Hause gehen kann. 16:00 Uhr – Tapetenwechsel. Nach Hause und weiter über Sabrina nachdenken. Was machen. Endlich was machen, und wenn es auch nur ein Zettel ist, den er verfasst.

Liebe Sabrina! Erkennst du die Melodie? Das ist ein Maschinengewehr, welches dauerfeuert. Du bist wohl schief gewickelt, wenn du denkst, das geht dich nichts an!
Was dir meine einzelnen Wörter wohl wert sind?
Du wünschst dir, du hättest mich niemals kennen gelernt? Darüber kann ich wirklich nur lachen. Da la-

chen ja selbst die Hühner. Flott und forsch hast du mich nur nach Strich und Faden ausgenutzt. Ich war zu jung, um das damals zu merken. Und mich dann einfach wegwerfen; so hast du es dir leicht gemacht. Aber warte! Nicht mit mir.

Pass auf, du fleißiges Lieschen. Ich kenne alle deine Verstecke. Das nützt dir gar nichts, wenn du dir einbildest, ich finde dich nicht. Fühlst du dich schon wie gebügelt? Ich werde dich bügeln, warte es nur ab. Wir haben zu Hause ein nagelneues Bügeleisen. Brandneu. Um es genau zu sagen.

Der Sorgenschnitt an meiner Stirn wächst stetig. Er wird immer tiefer. Wenn ich richtig zornig werde, wird Blut daraus spritzen. Du bist schuld! Allein du trägst die Schuld daran.

Ich bin ganz allein mit mir selbst. Du kannst dir nicht vorstellen, wie unerträglich das ist.

Leben von morgens bis abends, von früh bis spät, Tag für Tag, jeden Tag wieder von vorn. Wie soll ich das vollbringen? Ohne dich? Wie stellst du dir das vor?

Ich habe dir ein Blumen-Bouquet geschickt. Hast du dich darüber gefreut? Kauft dein Mann dir auch Blumen? Sind die Blumen vom falschen Mann? Nimm dich in Acht! Ich werde dir immer wieder Blumen schicken. Du MUSST dich freuen! Du wirst es eines Tages anerkennen und mich dafür lieben. Ich liebe dich! So sehr wie ich dich liebe, kann dich keiner lieben. Selbst die letzten Blumen, die du bekommst, werden von mir sein. Ein letzter Gruß! Ich binde eine Schleife dran.

Du bist mies und klein, ich bin rachsüchtig. Mit manchmal stiller, aber gleichmäßig wachsender Wut. Ich werde dich mit meinem Brotmesser zersägen.

Vielleicht reicht mir sogar ein Obstmesser dazu, denn du bist wirklich gar nichts.

Du denkst, mit einem hohen Preis kannst du mich reizen und mir deine eigene Hochwertigkeit suggerieren? Bilde dir mal nur nichts ein!

Pass auf! Höre ich ein unmutiges Grunzen von dir? Wenn du nicht willst, mach ich dich fertig, du Sau! Was bildest du dir ein? Ohne mich bist du gar nichts. Ich mache dich kaputt. Meine Ausdauer ist unendlich. Ich habe kein anderes Ziel mehr.

Weißt du, wie gern ich dich hab? Zum Fressen gern, ich denke Tag und Nacht an dich. Tiefe Traurigkeit ergreift mich immer, wenn ich an dich denke. Glaub mir das! Ich lebe nicht mehr gern. Wobei: Gern habe ich noch nie gelebt! War einfach immer viel zu schwer.

Ich fang dich ein und lass dich nicht mehr los. Eher reiß ich dich in Stücke. Halt dich gut fest!

Ich kennzeichne mich durch meine Krankheit. Meine Krankheit ist genau das, was mich auszeichnet.

Komm zu mir zurück! Ich befehle es dir! Es gibt keinen Grund für Unvernunft für dich. Was willst du dir noch so alles aus dem Gehirn tropfen lassen?

Ich bring dich um. Ich stech dich ab. Pass auf! Ich lass dich ins offene Messer laufen. Bei mir darfst du das Angebot wörtlich nehmen, denn ich bin des Teufels fette Beute. Vielleicht zünd ich dich an. Vor mir bist du nirgends sicher, du kannst dich auf der ganzen Welt nicht vor mir verstecken. Ich werde dich finden. Ich krieg dich doch! Bald kannst du die Radieschen von unten betrachten. Das verspreche ich dir!

Yoga machen, Tango tanzen – du kannst dir alle denkbaren Zerstreuungen aussuchen, es wird dir nicht helfen. Mir entkommst du nicht.

Als Kind habe ich mit meinem Kamm ein Muster in die Butter gezogen. Jetzt will ich dir damit ein blutiges Muster mitten durchs Gesicht ziehen. Zischhh! Ich habe einen ausgeprägt scharfen Verstand. Hast du das je bemerkt? Du hast mich nie genügend geachtet. Nie. Zornrot werde ich! Pass auf! Jetzt rede ich, hör mir gut zu. Ich schlag dich zu Brei. Bringe ich dich in die Lebenskrise? Haha, dass ich nicht lache! Mein ganzes Leben ist nichts als eine Krise Krise Krise bisher gewesen und wird nie mehr anders sein. Aber mach dir keine Hoffnung. Für mich ist noch lange nicht Schluss. Schluss mach ich deswegen nicht. Nicht mit mir selbst.

Lars weiß, dass Sabrina zu Hause ist, weil er ihre Wohnung belagert und bereits gesehen hat, dass ihr Mann zur Arbeit gegangen ist. Er klingelt an der Tür und ist sicher, dass sie ihm nicht öffnen wird, weil sie ihn durch den Spion erkennt. Das hat er so erwartet, denn er hat nicht geglaubt, dass sie ihn hineinlassen wird. Aber es genügt ihm, dass sie jetzt weiß, dass er noch da ist. Dass er sich nicht abwimmeln lassen wird. Er tritt vorsichtig gegen die Haustür. So, dass sie weiß, dass der Tritt ihr gilt, aber dass jemand, der ihn von draußen beobachtet, das für ein Versehen halten könnte. So, als sei ihm bloß der Fuß ausgerutscht. Gegen die Tür. Lars setzt sich auf den Bürgersteig und reißt einen Zettel aus seinem Arbeitsbuch, auf den er schreibt: „Ich weiß, dass du zu Hause bist. Du hältst dich wohl für eine besonders hohe Losnummer? Gar nichts, nicht mal einen Dreck bist du wert! Du Schlampe! Du bist eine Frau, die zu nichts zu gebrauchen ist. Du brauchst meinen Schutz, denn ohne mich bist du gar nichts. Mit Gruß: ein alter Freund." Falls ihn jemand sieht, wird jeder vermuten, dass er nur ein guter Bekannter ist. Er geht noch einmal auf die Wohnung zu, schellt erneut und wartet ein wenig, als hoffe er, es sei doch jemand zu Hause. Dann wirft er seinen Zettel in den Briefkasten. Gern würde er weiterhin stehen bleiben, um zu hören, wie sie den Briefkastenschlüssel von innen dreht, um seine Notiz vorzufinden. Aber Lars weiß, dass sie das nicht sofort tun wird, und er muss auch zur Arbeit weiter gehen, wenn er sich nicht wieder verspäten will.

Auf dem Weg zur Arbeit phantasiert Lars darüber, wie er Sabrina am liebsten erschießen würde. Wenn er nicht mit ihr zusammen sein darf, soll es auch kein anderer sein dürfen. Er weiß, wo die Waffe steht. In der Zeitung soll über Sabrina stehen „auf der Flucht erschossen". Hahahahaha! Er muss jetzt schon lachen, wenn er es sich vorstellt. Denn natürlich wird sie wieder versuchen, vor ihm zu fliehen, wenn er ihr auflauert, bevor er zur Arbeit geht. Aber er wird sie auf der Flucht erschießen! Kopfschuss! Volltreffer!

Es tut mir wirklich leid. Ich habe mich manchmal dir gegenüber nicht fair verhalten. Aber ich will mich ändern. Ehrlich. Gib mir noch eine einzige Chance! Komm zurück zu mir und gib mir die Chance, die ich verdient habe. Ich mach alles wieder gut. Es wird alles anders, viel, viel besser als früher. Ich bin erwachsen geworden. Ich werde dich auf Rosen betten. Ich kaufe dir, was du willst. Du bekommst alles von mir. Meine Eltern haben Geld, ich würde sie umbringen, damit wir gut zusammen leben können. Für dich würde ich mein Leben geben. Ich schwöre es dir. Beim

Leben meiner Mutter, obwohl ich von der Sinnlosigkeit von deren Existenz überzeugt bin.

Der Vater von Lars ist Jäger und hat ein Gewehr, das er in einem Waffenschrank aus Stahl im heimischen Keller verschlossen hat. Lars ist mit zwanzig Jahren kein kleiner Junge mehr, vor dem etwas versteckt werden muss, und so hat er ebenso wie zum elterlichen Tresor auch Zugriff auf den väterlichen Waffenschrank. Obwohl vom Vater oft ermuntert dazu, sich doch auch für das Jagen zu begeistern, hat Lars das Jagen immer als langweilig abgetan und behauptet, er habe keine Lust dazu. Im Keller des großen Elternhauses aber übt er ohne Wissen des Vaters regelmäßig das Schießen.

Lars erschießt sich am Freitagabend. Einen Abschiedsbrief hinterlässt er nicht, nur einen unscheinbaren Schmierzettel, den seine Eltern neben dem toten Sohn finden. Auf der Rückseite einer Tankquittung hat Lars für seine Erzeuger in winziger Schrift notiert: „Ich wurde immer wunderlicher, schreibe ich euch in großer Wut. Ihr seid schuld!!!!! Werdet nun gern wahnsinnig darüber!"

Als Sabrina die Traueranzeige liest, die Lars' Eltern für ihren Sohn im Lokalblatt haben drucken lassen, ist sie erleichtert, dass auch sie keine unerwünschten Briefe mehr erhalten wird. Erleichterung ist kaum ein Ausdruck dafür.

Mutter

„April is the cruellest month" – dieses Zitat aus T.S. Eliots „Wasteland" hatte einer von Monikas Arbeitskollegen mit Blick auf den Führungswechsel in der Abteilung, der im April zu erwarten war, als Omen genannt. Weil alle wieder einmal fürchteten, dass der neue Vorgesetzte sich als „eiserner Besen" werde beweisen und dazu erst einmal einige Mitarbeiter werde entlassen müssen.

Auch Monikas 40. Geburtstag im April würde grausam sein, das war ihr klar. Wer freute sich schon darauf, 40 zu werden? Monika gewiss nicht, und da mochten noch so viele Magazine darüber schreiben, wie erfreulich es sein könne, endlich über 40 zu sein. Das herbeigefürchtete 30. Jahr war der Abschied von der Jugend gewesen, der 40. Geburtstag und alles, was dem folgen mochte, konnte Monikas Ansicht nach existenzielle Konsequenzen haben. Mit dem Überschreiten der Grenze von 40 Jahren begann der Eintritt der Unvermittelbarkeit auf dem Arbeitsmarkt, das rapide Ansteigen der Krebswahrscheinlichkeit, der offizielle körperliche Verfall, den Monika jedoch schon seit dem 30. Lebensjahr sorgfältig an sich beobachtet hatte, verbunden mit Volkshochschulangeboten für „Gymnastik für Frauen ab 40". Ab 40 rechnete man damit, dass all das, was man an Negativem der zweiten Lebenshälfte zuschrieb und vorher erfolgreich verdrängt hatte, eintreten könnte. Ganz sicher war man nicht mehr jung, sondern „im mittleren Alter". Im Laufe der Jahre verschliss der Mensch – das war nicht anders zu erwarten – wie ein altes Gummiband. Einige schneller als andere, aber dennoch war das eine Aussage, die sich verallgemeinern ließ und deshalb nicht einmal das unbestimmte „man" fürchten musste. Monika meinte, dass sie ebenso sehr wie an Schwung und Überschwang auch an körperlicher Form verloren hatte. Sie verfügte, anders als früher, über keine schöne Körperform mehr. Das war ihre eigene, sehr kritische Selbstwahrnehmung. Zwar hatte sich ihr Gewicht so wesentlich nicht verändert, aber sie fand ihre Taille nicht mehr. Jetzt begannen Fettpolster ihr auf die Hüften zu drücken. Ihre Schultern wurden krumm und stachen spitz und knochig hervor – statt muskulös und kraftvoll auszusehen, wie sie es sich wünschte. Mit der Zeit wurde alles an ihr deformiert. Sicher hätte Sport das aufhalten oder wenigstens verringern können, aber vor ein paar Jahren war das eben nicht nötig gewesen, und trotz reichlichen Essens und Trinkens hatte Monika nur geringfügige Gewichtsschwankungen bemerkt – immer dann, wenn sie den Reißverschluss der alten Lieblingshose kaum mehr schließen konnte. Mittlerweile war diese Hose so eng, dass Monika sie gar nicht mehr hätte anziehen können.

Mit manchem Üblen war zu rechnen, auch Monika hatte sich darauf inzwischen eingestellt und sich zumindest mit der Vorstellung von unangenehmen Veränderungen abzufinden versucht. Natürlich war das *grausam*, aber das war der Lauf der Welt, irgendwann erreichten die meisten das 40. Lebensjahr. Dann wurden es ein paar weniger, die ihren 50. Geburtstag feiern konnten, noch weniger wurden 60, 70, 80, 90 oder gar 100 Jahre alt. Aber 40 Jahre schafften die meisten doch. Was sollte an Monikas baldigem 40. Geburtstag außergewöhnlich sein?

Für Monika sollte auf von ihr unerwartete Art der April der grausamste Monat, *the cruellest month*, werden. Dass völlig überraschend die Mutter fünf Tage nach Monikas 40. Geburtstag sterben, dass die Mutter *an* Monikas 40. Geburtstag im Todeskampf liegen würde, dass jeder Tag nach dem und einschließlich des 40. Geburtstags der Todestag der Mutter hätte sein können und dass sie es schließlich noch fünf Tage lang nach Monikas Geburtstag durchgehalten hatte, um am 15. April zu sterben – das hätte Anfang des Jahres niemand für möglich gehalten. Tatsächlich hätte es nicht einmal am Abend des 31. März, dem Tag, an welchem die Mutter vom Vater mit einem unerklärlich aufgeblähten Bauch ins Krankenhaus gebracht wurde, irgendjemand nur annähernd für möglich gehalten, dass sie bloß noch zwei Wochen werde zu leben haben. Monika dachte an das Buch von Stefan Heym, das sie erst kürzlich gelesen hatte. Es hieß „5 Tage im Juni" und handelte vom Volksaufstand 1953 in der DDR. „15 Tage im April", dann war die Mutter tot. Oder eben auch: „April is the cruellest month".

Anlässlich ihres Geburtstags war Monika bei der Arbeit von vielen Seiten gratuliert worden. Keiner dort wusste, dass die Mutter im Sterben lag. Aber dass es Monikas 40. Geburtstag war, war fast allen bekannt. Das lag daran, dass Monika sowohl von der Firmenleitung als auch von der Abteilungsleitung jeweils ein großer Blumenstrauß überreicht wurde. Die Firma zeigte, dass sie ihre Mitarbeiter schätzte, indem sie deren runde Geburtstage ehrte. Kollegen wünschten Monika eine tolle Party. Der neue Chef schrieb, obwohl er sie persönlich noch gar nicht kennen gelernt hatte, eine Glückwunsch-E-Mail.

Zwei Tage nach dem Geburtstag verbrachte Monika mit ihrem Freund Anton einen Abend in der Oper. Sie hörten *Die Macht des Schicksals* von Verdi. Die Karten dafür waren ein Geburtstagsgeschenk gewesen. Beide hatten überlegt, ob sie überhaupt zu der Aufführung würden gehen können. Zum einen: Wie viel Vergnügen kann die Tochter haben, wie hoch ist der Musikgenuss, während die Mutter im Sterben liegt? Dass sie sterben würde, war beim Kartenkauf nicht absehbar gewesen. Zum anderen: Seit Tagen schon befand Monika sich in einer Art dauernder Alarmbereitschaft, innerlich angespannt, ständig wartend darauf, dass der Vater anriefe, um entweder den Tagesbericht aus dem Krankenhaus, in welchem er seine gesamte Zeit bei der Mutter verbrachte, oder gar die Todesbotschaft zu übermitteln. Bei der Arbeit war Monika unkonzentriert, das Handy, sonst dort ausgeschaltet, lag eingeschaltet auf dem Schreibtisch im Büro. Klingelte es völlig unvermittelt, vermutete sie sofort den Vater, und war jedes Mal erleichtert, wenn das Display seinen Namen nicht anzeigte. Keine abendliche Mahlzeit wurde mehr in Ruhe beendet, denn gerade am Abend rechnete Monika mit dem Anruf des Vaters, weil abends die Besuchszeit im Krankenhaus endete. Die Opernvorführung war die einzige Zeit, in der Monika seit Tagen das Telefon einmal ausgeschaltet hatte. Der Vater wusste, dass seine Tochter in der Oper saß. Ständig musste mit der Todesnachricht gerechnet werden. Während der Oper dachte Monika dauernd daran, dass jetzt, in dieser Stunde bis zur Pause, in der sie das Telefon ausgeschaltet hätte, die Mutter sterben müsse. Das wäre *die Macht des Schicksals* gewesen. So geschah es nicht. Sie liefen aus dem Saal in die Pause, Monika schaltete das Telefon ein, es gab keine Nachricht. Auch nach der zweiten Hälfte des Stücks befand sich auf dem Anrufbeantworter keine Nachricht. Die Mutter starb erst drei Tage später, am Wochenende.

Erst zur sterbenden Mutter wurde Monika eingelassen. Die Mutter hatte sie nicht sehen wollen. Mehr und mehr zerfallend von Tag zu Tag, hatte sie der Tochter das Bild, das sich ihr im Spiegel bot, sich selbst die damit verbundene Blöße, das Eingeständnis der tödlichen Krankheit nicht zumuten wollen. Niemand überhaupt hatte von der dem Anschein nach plötzlichen tödlichen Krankheit wissen dürfen. Allein die Gesellschaft des Vaters hatte die Mutter an ihrem Sterbebett noch toleriert. Sie hatte sich nicht in ihrem Elend präsentieren wollen, denn auf ihre äußere Erscheinung hatte die Mutter ihr Leben lang größten Wert gelegt. Es war ihr besonders bedeutend gewesen, einen gepflegten und jugendlichen Eindruck zu machen. Die sterbende Mutter konnte Monika am Ende nicht mehr wahrnehmen. Zu schwach war die Mutter und fast schon ausgetreten aus der Welt. Wenn sie noch irgendwelche Kraft gehabt hätte, hätte sie ihre Tochter vom Sterbebett fortgejagt. So, wie sie alles bestimmt hatte und wie nichts sein durfte, was nicht sein sollte. Die Mutter war ihr ganzes Leben hart gegen alle gewesen, am härtesten jedoch gegen sich selbst.

Der Mutter letzter Anblick erschreckte Monika nicht. Ruhig und nur noch langsam atmend lag die Mutter

108

im Krankenhausbett. Anders als der Vater, hatte Monika die Mutter nicht leiden sehen, hatte sie nicht deren rapiden Verfall im Zeitraffer von nur zwei Wochen miterlebt. Jetzt sah die Mutter aus wie der Tod, der personifizierte Tod. Das war nicht mehr die Mutter, die jeder nur als lebendig und vital kannte. Aber sie war nicht befremdlich, sondern erinnerte an Darstellungen des Todes auf mittelalterlichen Bildern. Monika hatte einmal von Hieronymus Bosch das Bild „Tod eines Geizhalses" gesehen. Die Mutter erinnerte sie an die Darstellung des Todes auf dem Bild. Gelb, krank, eingefallen. So sieht der Tod wirklich aus. Monika hatte nie zuvor einen toten Menschen gesehen. Wegen des Krebses in der Leber hatte die Mutter eine Gelbsucht. Das Gesicht der sterbenden Mutter war gelb und eingefallen. Sachlich nahm Monika das zur Kenntnis. Das war kaum zu glauben, aber das war die Gegenwart, die Wirklichkeit. Die Mutter war tatsächlich tot.

Bis zum Schluss hatte Monika gedacht, dass, wenn irgendjemand überhaupt, es die Mutter wäre, die in letzter Sekunde völlig überraschend und unerwartet von des Todes Schippe springen, ganz einfach, federleicht vor dem Tod flüchten würde. Solche Fälle gab es, so hörte man, von Zeit zu Zeit: Patienten, die schon als nahezu tot galten, wurden plötzlich von Neuem mit Leben erfüllt. Die Mutter, zäh und hart, hätte niemanden damit überrascht. Bis zum Schluss hatte Monika die Hoffnung gehabt, dass es so geschehen würde. Viele Stunden nachdem der Vater sicher gewesen war, es gehe jeden Moment zu Ende, lebte die Mutter immer noch. Gegen Mittag hatte er Monika und Anton herbeigerufen, aber erst am frühen

Abend starb die Mutter. Bei der Ankunft der Tochter im Krankenhaus hätte sie aber schon tot sein sollen, und so dachte Monika, als sie die Mutter entgegen allen Erwartungen lebend vorfand, dass sie nur wieder verschwinden müssten, damit die Mutter in Ruhe genesen könnte. Allein der Vater mochte nicht daran glauben und konnte weder essen noch trinken. Als die Mutter nicht starb, beschlossen Monika und Anton, in einem nahe gelegenen Imbiss etwas zu essen. Schnell und eilig, aber sie hatten das Gefühl, etwas essen zu müssen, weil sie hungrig waren. Während der Vater, nicht in der Lage, überhaupt etwas zu sich zu nehmen, weiterhin am Bett der Mutter verharrte. Monika aß eine Salattasche mit Zwiebeln, unbewusst vielleicht, um die Mutter damit wieder ins Leben zurückzuholen. Wer selbst keine Zwiebeln verzehrt hatte, würde diese vermutlich als stark unangenehm riechend wahrnehmen, verstärkt noch durch die Knoblauchsauce. Die Mutter hatte niemals Zwiebeln oder Knoblauch gegessen, diese aber umso mehr selbst „gegen den Wind", wie gesagt wird, gerochen und sich darüber stets heftig beklagt. Schimpfend hatte sie sich beschwert über den unangenehmen Geruch und die Rücksichtslosigkeit derer, die nach solch einem Essen ihre Mitmenschen belästigten. Als Monika und Anton – während des Essens vom Vater über den endgültigen Todeskampf der Mutter informiert – herbeieilten, war die Mutter bereits tot. Vielleicht fünf Minuten vor dem Eintreffen der Tochter hatte die Mutter aufgehört zu atmen. Angekommen im Krankenzimmer, das gerade zum Sterbezimmer geworden war, wurde Monika bewusst, dass sie stark nach Knoblauch und Zwiebeln roch. Musste jetzt nicht die Mutter laut rufen, empört und hellwach: „Wer hat denn hier die Zwie-

110

beln gegessen!?" Anders hatte Monika ihre Mutter nicht gekannt. Es war für Monika weiterhin vollkommen unbegreiflich, dass die Mutter gestorben sein sollte. Das Ganze schien Monika unglaubwürdig, weil sie sicher gewesen war, dass die zähe Mutter kurz vor Schluss dem Tod die Zähne zeigen würde. Dass der Tod der Unterlegene, die Mutter wie immer die Siegerin wäre und gestählt und gereinigt aus der Krankheit herausgehen würde. Und dass im Anschluss an die überwundene schwere Krankheit die Mutter weitere 40 Jahre leben würde. Leben, um alle anderen zu überleben, selbst die eigene Tochter. Einfach so, wie es alle erwartet hatten, auch die Mutter selbst. Die Mutter hatte sich in den letzten Jahren zunehmend Sorgen darüber gemacht, dass sie 100 Jahre alt werden würde und dann niemand mehr da wäre, um sich mit ihr zu befassen. Das würde nicht geschehen. Der Krebs hatte tatsächlich die Mutter zerfressen. Er hatte sie überrascht, überrumpelt und, nachdem sie zwei Wochen lang völig verfallen war, hatte der Tod sie endgültig besiegt – oder erlöst, das kam wohl auf die Sichtweise an. Der Tod hatte sich selbst davon, dass die Mutter an ihrem letzten Lebenstag – schon unter dem Einfluss von Morphium, das ihr zur Schmerzlinderung verabreicht worden war – sich mit eiserner Selbstdisziplin geschminkt hatte wie an jedem anderen Tag in ihrem Leben, weder beeindrucken noch abschrecken lassen.

Monika blickte auf die Hände der toten Mutter: die großen mütterlichen Hände. Die Mutter war ein Kriegskind gewesen und hatte an Hunger gelitten. Monika dachte oft darüber nach, dass die Mutter viel größer hätte werden müssen, aber wegen der Mangelernährung im Krieg nie ganz ausgewachsen war. Der jüngere Bruder der Mutter, ein Nachkriegskind, war verhältnismäßig groß. Bei der Mutter waren nur die Hände und die Füße groß geworden. Als ausgewachsener Mensch war die Mutter sehr klein und zierlich gewesen, Hände und Füße dagegen waren im Verhältnis zur Gesamterscheinung überdimensioniert geraten. Nun sah die Tochter die großen Hände zum letzten Mal – schon bläulich gefärbt, auf dem Totenbett neben der Mutter kraftlos herabhängend. Das muss der Grund dafür sein, dass man oft den Sterbenden die Hände faltet: dass sie nicht herabhängen und blau werden. Diese Hände hatten Monika das Schreiben beigebracht. Noch jetzt glaubte sie den Druck der großen auf die kleine Hand zu fühlen. Eingeklemmt wie in einen Schraubstock war die kleine Hand unermüdlich und unnachgiebig von der großen geführt worden, bis sie endlich und gegen allen Widerstand das Schreiben erlernt hatte. Jetzt lagen sie dort, die großen mütterlichen Hände, blau und angeschwollen. „Mutterns Hände", ein Gedicht von Kurt Tucholsky, hatte Monika vor mehr als dreißig Jahren in der Grundschule auswendig lernen sollen. Den Schülern war aufgetragen worden, dieses Gedicht ihren Müttern zum Muttertag vorzutragen. Monika hatte das Gedicht natürlich einstudiert. Der Grund dafür war allein der gewesen, dass solche Hausaufgaben vom Lehrer kontrolliert wurden. Einige Schüler – niemand konnte im Voraus ahnen, wen das Unglück treffen würde – würden es zur Probe vor den anderen Schülern aufsagen müssen. Aber niemals hatte Monika die Absicht gehabt, das Tucholsky-Gedicht anlässlich des Muttertags zu deklamieren. Es war ihr viel zu albern gewesen, Gedichte herunterzuleiern und insbesondere dieses Gedicht hasste sie, weil es in Berliner Mundart geschrieben war. So sprach man bei ihnen zu Hause in Nordrhein-Westfalen nicht. Mit neun Jahren war Monika und vielen anderen Kindern ein Gedicht in Berliner Mundart einfach nur „dumm" erschienen. Mit so etwas hätten sie sich niemals lächerlich gemacht. Monika hatte „Mutterns Hände" zu ihrer Erleichterung weder vor den Klassenkameraden rezitieren müssen, noch hatte sie es zum Muttertag aufgesagt. Aber plötzlich fiel ihr die letzte Strophe zu den Händen wieder ein:

Heiß warn se un kalt.

Nu sind se alt.

Nu bist du bald am Ende.

Da stehn wa nu hier,

und denn komm wir bei dir

und streicheln deine Hände.

Sicher war das keine gute Wahl vom Lehrer gewesen, seinen Grundschülern aufzutragen, ein solches Gedicht über eine tote Mutter ihren damals jungen Müttern zum Muttertag zu deklamieren. Vermutlich hatte das auch gar keiner getan. Der Lehrer hatte gewiss Kurt Tucholsky gemocht und in den frühen siebziger Jahren des vergangenen Jahrhunderts die Grundschüler an Literatur heranführen wollen statt ihnen Kinderreime beizubringen. Auf dem Totenbett lagen vor Monika „Mutterns Hände". Bewusst betrachtete sie diese zum letzten Mal. Monika hatten sie das Schreiben beigebracht. Mit diesen Händen hatte die Mutter ihren geliebten Garten gepflegt. Wie immer, hart gegen sich selbst, hatte sie mit bloßen Händen und ohne Handschuhe ihre Rosen im Garten geschnitten.

Die Mutter hatte in Oberschlesien den Krieg überlebt und war als Flüchtlingskind im Herbst 1946 im Alter von nur drei Jahren mit der Großmutter in den Westen gekommen. Den um zwei Jahre älteren Bruder hatte sie in den letzten Kriegstagen verloren. Während die Stadt Gleiwitz unter Beschuss gelegen hatte, war der Fünfjährige im Haus der Großmutter an einer Lungenentzündung verstorben, die unter den gegebenen Umständen nicht hatte behandelt werden können. Um sich nicht polonisieren zu lassen, war die Großmutter später mit dem einen ihr noch verbliebenen Kind geflohen. Auch hier gab es eine Geschichte zu „Mutterns Händen": Die Großmutter erzählte, sie habe russische Offiziere dafür bezahlt, um bis in die Stadt Glatz mit dem Auto mitgenommen zu werden. Von dort aus habe sie nach Möglichkeiten zur Weiterreise in den Westen suchen wollen. Die Begleiterin eines russischen Offiziers habe beim Einsteigen in den Wagen die Tür fest zugeschlagen, ohne dabei zu bemerken, dass die Hand der damals dreijährigen Mutter dazwischen war. Die Hand des Kindes wurde eingeklemmt und verletzt, so dass es laut zu schreien begann. Hinzu kam, dass der Großmutter bei der nächtlichen Ankunft in Glatz vom selben Offizier geraten wurde, sich bis zum Tagesanbruch im Wald zu verstecken, da sich in allen Lokalen und Gasthäusern Soldaten aufhielten, die eine besondere Gefahr für die Frauen darstellten. So verbrachte die Großmutter die

Nacht mit ihrer verletzten Tochter im Wald in der Nähe eines Gewässers und versuchte, deren verwundete Hand immer wieder ins Wasser einzutauchen, damit sie nicht laut schreie und sie beide dadurch an die Soldaten verrate. Gewimmert habe das Kind jedoch die ganze Nacht, aber die zwei blieben unentdeckt, und es gelang ihnen am folgenden Tag die Fortsetzung der Flucht in Richtung Westen. Die Geschichte mit der eingeklemmten Hand der Mutter und der Nacht im Wald bei Glatz hat die Großmutter wieder und wieder erzählt. Aus Übermüdung und Verzweiflung habe sie das schreiende Kind ins Wasser werfen und danach hinterhergehen wollen, um sich ebenfalls zu ertränken. Jetzt befand die Großmutter sich in ihrem 90. Lebensjahr und konnte es nicht fassen, dass sie auch ihr zweites Kind überleben musste. Das dritte und letzte, schon im Westen geborene, blieb ihr.

Die Mutter war diszipliniert gewesen. Sie hatte sich niemals „gehen lassen", bis zum Schluss ihre tödliche Krankheit abgestritten, diese sich selbst gegenüber geleugnet. Hart gegen sich war sie sogar an ihrem eigenen Todestag gewesen. Sie hatte sich nicht einmal mehr bewegen können, und zur Schmerzlinderung war ihr Morphium verabreicht worden. Aber sie hatte sich am letzten Lebenstag wie immer geschminkt und beim Sterben weiße Perlenohrringe getragen. In einer Plastiktüte, die Monikas Vater vom Krankenhaus übergeben wurde, befanden sich die Schminkutensilien der Mutter: Die Wimperntusche war offen – die Mutter hatte sie am letzten Tag ihres Lebens noch benutzt, aber nicht mehr die Kraft gehabt, den Stift wieder zuzudrehen.

Ihr ganzes Leben lang war die Mutter nicht krank gewesen. Als Abstinenzlerin hatte sie schon seit den siebziger Jahren – weit bevor es modisch wurde – vegetarisch gelebt. Alkohol war ihr ohnehin stark zuwider gewesen. Die Abneigung gegen Alkohol war so weit gegangen, dass es die Mutter bereits verärgert hatte, wenn der Vater zu Ostern ein mit Likör gefülltes Schokoladen-Ei gegessen und sie den Alkohol zu riechen gemeint hatte. Als Pflichtmensch hatte sie regelmäßig Ausdauersport getrieben. Sie hatte *alles richtig gemacht*, um mit Recht ein hohes Alter erwarten zu dürfen. Ein hohes Alter, und zwar so, wie die meisten es sich wünschen: ohne wirklich „alt" zu sein und sich „alt" fühlen zu müssen, ohne gebrechlich und ohne auf die Unterstützung anderer angewiesen zu sein. Nun war sie nach einem disziplinierten Arbeitsleben gestorben, ohne sich einen einzigen Tag wegen einer Kleinigkeit krank zu melden – davon abgesehen, dass sie sich einmal einer Operation an der Schilddrüse hatte unterziehen müssen. Diese hatte einen Krankenhausaufenthalt und damit eine Woche der Arbeit Fernbleiben notwendig gemacht. Die Operation war unvermeidbar gewesen, und die Mutter hatte sie so lange wie möglich hinausgezögert. Aber niemals wäre die Mutter auf die Idee gekommen, sich von der Arbeit einen Tag abzumelden, weil sie sich nicht gut fühlte oder unter einer starken Erkältung litt. Selbst während des Resturlaubs unmittelbar vor Rentenbeginn war sie noch zu ihrer Arbeitsstelle gegangen, damit nach dreißig Jahren beim selben Dienstherrn die Übergabe reibungslos vonstatten gehe und alles seine Ordnung habe. Nicht einmal die erste Rentenzahlung hatte sie in Anspruch nehmen können. Das ist die Art Rentner, die der Rentenkasse gefallen müssten: die ein Leben lang einzahlen ohne im Anschluss an ihr Arbeitsleben eine Rente zu beanspruchen. All das ließ vermuten, die Mutter habe ein erfülltes Arbeitsleben gehabt. Vielleicht war ihr Arbeitsleben erfüllter gewesen als ihr Familienleben, dachte sich Monika. Obwohl die Mutter nur in einer kleinen Stelle mit wenig Verantwortung gearbeitet hatte, hatte sie daran vermutlich mehr Freude gehabt als an ihrer Familie.

Gelegentlich waren Monika und Anton sonntagnachmittags mit den Eltern in einem sich in der Nähe des Elternhauses befindenden Café zum gemeinsamen Kaffeetrinken verabredet gewesen. Beim letzten Treffen mit beiden Eltern, von welchem niemand geahnt hatte, dass es das letzte sein würde, hatte allein der Vater gesprochen. Das Verhalten der Mutter hingegen war auffallend still und zurückhaltend gewesen. Das war niemandem verdächtig erschienen, insbesondere deshalb nicht, weil die verbissene Schweigsamkeit, das Abwesend-aus-dem-Fenster-Schauen und sich An-keiner-Unterhaltung-Beteiligen von allen, schwer vereinfacht, aber doch nahe liegend, darauf zurückgeführt worden war, dass die Tage der Mutter bis zum Renteneintritt bereits zu zählen gewesen waren. Gewiss war, dass sie sich nach jahrzehntelanger Berufstätigkeit mit der Vorstellung, plötzlich Rentnerin zu werden, einfach nicht hatte anfreunden wollen. Dass es zu diesem Zeitpunkt nicht allein die Tage bis zur Rente, sondern die Lebenstage der Mutter gewesen waren, die jeder schon im niedrigen zweistelligen Bereich hätte zählen können, hatte niemand geahnt. Mit keinem Gedanken wäre Monika darauf verfallen, dass dies das letzte Mal sein sollte, dass sie die Mutter lebendig sähe. Dass das nächste Mal, wenn die Tochter ihren Blick auf die Mutter richten würde, diese auf dem Totenbett läge. Es geschieht oft, dass gerade die Dinge, die man ein letztes Mal getan, gesehen, erlebt hat, einem erst im Nachhinein als „letzte Male" bewusst werden. Schließlich hatte keiner die Absicht gehabt, die Mutter nicht mehr zu sehen. Ganz anders ist es, wenn man zum Beispiel das Rauchen aufgibt. Wenn man sich bewusst das Ziel setzt, dass an einem bestimmten Tag zum letzten Mal eine Zigarette geraucht wird. Sich doch zumindest vornimmt, fest beschließt, dass dieses Mal das letzte Mal sein soll.

Posthum erreichte die elterliche Adresse ein Brief der Krankenkasse, bei der die Mutter versichert gewesen war. Im Rahmen eines Bonusprogramms, an welchem sie teilgenommen hatte, so hieß es in dem Schreiben, dürfe sie mit einer Prämie für besonders gesundheitsbewusstes Verhalten rechnen. Als der Brief eintraf, mit dem ihr eine Zahlung in Aussicht gestellt wurde, war die Mutter bereits seit einer Woche tot. Der Vater musste über diese Schlampigkeit der Kasse, die zu einer unbeabsichtigten Rücksichtslosigkeit ihm gegenüber geworden war, aus der Fassung geraten.

Wenn die Mutter es im Entferntesten geahnt hätte, dass sie das Krankenhaus nicht mehr lebend verlassen würde, hätte sie ihre ohnehin nur sehr zögerliche Einwilligung, sich dort einliefern zu lassen, niemals gegeben. Sie war sowieso nur durch besonders gutes Zureden des Vaters dazu zu bewegen gewesen, sich ärztlich behandeln zu lassen, denn dass sie nicht gesund sein könne, wäre sie nie zu akzeptieren bereit gewesen. Zunächst hatte es bloß geheißen, sie müsse

Entwässerungstabletten einnehmen, damit ihr aufgeblähter Bauch wieder ein normales Volumen erreiche. Nach kürzester Zeit hatte sich herausgestellt, dass der aufgeblähte Bauch von einem Tumor rührte, von einem tödlichen Tumor im Endstadium. Vom Krankenbett aus hatte die Mutter noch Anweisungen gegeben, wie der Gärtner, der die groben Arbeiten in ihrem gepflegten Garten übernahm, vorgehen sollte. Für den erwarteten Sommer hatte der Vater den Auftrag, einen neuen Sonnenschutz zu bestellen. Die neuen Gartenmöbel waren bereits geliefert worden, nach dem Tod der Mutter blieben sie ungeöffnet in der Verpackung in der Garage liegen.

Der Frühling wollte nicht kommen in diesem Jahr. Die Mutter starb am 15. April, nachdem sie zwei Wochen im Krankenhaus verbracht hatte. Einen Tag vor dem Ostersonntag, zu welchem die Eltern bei Monika deren 40. Geburtstag hatten nachfeiern wollen, fand das mütterliche Martyrium sein Ende. 40 Jahre zuvor war Monika an einem Ostersonntag geboren worden. Ihren Garten noch einmal blühen zu sehen, das war der Mutter nicht mehr vergönnt gewesen.

Zur Autorin

Petra Fastermann wurde in Oberhausen geboren und lebt jetzt in Krefeld.

Sie hat bereits einige Bücher im Belletristik-Bereich veröffentlicht. Außerdem ist sie Autorin verschiedener technischer Fachbücher.